이반 일리치의 죽음

세계교양전집 34

이반 일리치의 죽음

레프 니콜라예비치 톨스토이 지음

정지현 옮김

올리버

레프 니콜라예비치 톨스토이Lev Nikolayevich Tolstoy

• 차례 •

1

커다란 법원 건물에서 멜빈스키 재판이 있던 날, 휴정 시간에 재판관들과 검사가 이반 예고로비치의 개인 집무실에 모여 대화를 나누었다. 그 유명한 크라솝스키 사건으로 대화가 흘러갔다. 표도르 바실리예비치는 그 사건이 이 지역 사법부의 관할이 아니라고 열렬하게 주장했고, 이반 예고로비치는 반대되는 주장을 펼쳤다. 처음부터 논쟁에 끼어들지 않았던 표트르 이바노비치는 여전히 말없이 방금 배달된 신문만 들여다볼 뿐이었다.

"여러분, 이반 일리치가 죽었다는군요!"

"설마 그럴 리가요!"

"이것 좀 보세요."

표트르 이바노비치가 아직 잉크도 채 마르지 않은 신문을 표도르 바실리예비치에게 건넸다. 검은색 테두리 안에 이렇게 적혀 있었다.

프라스코비야 표도로브나 골로비나는 깊은 슬픔을 담아 친척과 친구들에게 사랑하는 남편이자, 법원 판사인 이반 일리치 골로빈이 1882년 2월 4일 세상을 떠났다는 소식을 전합니다. 장례식은 금요일 오후 1시입니다.

이반 일리치는 그 자리에 모인 사람들의 동료였고 모두가 그를 좋아했다. 이반 일리치는 몇 주 전부터 몸이 좋지 않았는데 나을 수 없는 병이라고 했다. 그의 자리는 아직 그대로 남아 있었지만, 그가 사망할 경우 알렉세예프가 그 자리에 앉고, 알렉세예프의 자리는 빈니코프나 슈타벨 중 한 명이 맡게 될 거라고 다들 추측했다. 그래서 그 방에 모인 사람들이 이반 일리치의 사망 소식을 듣고 가장 먼저 떠올린 것은 그 죽음이 자신과 지인들의 인사이동이나 승진에 어떤 영향을 끼칠까, 하는 것이었다.

'슈타벨이나 빈니코프의 자리는 분명 내가 맡게 될 거야. 오래전에 약속받았으니까. 그 자리로 승진하면 연봉이 팔백 루블은 오르겠군.' 표도르 바실리예비치는 생각했다.

표트르 이바노비치도 생각했다. '칼루가에 있는 처남을 이곳으로 옮겨 달라고 신청해 봐야겠어. 아내가 좋아하겠네. 내가 처가에 해 준 게 뭐가 있냐는 소리는 쏙 들어가겠지.'

표트르 이바노비치가 사람들에게 말했다.

"병석에서 일어나지 못할 거라는 얘기는 들었지만 정말 안타깝군요. 그런데 정확히 무슨 병이었답니까?"

"의사들도 몰랐다네요. 뭐가 문제라고는 했는데, 의사마다 말이 달랐나 봅니다. 마지막으로 봤을 땐 좋아지는 줄 알았는데."

"저는 지난 명절에 보고 온 게 마지막이었습니다. 다시 들러 봐야겠다고 생각은 하고 있었는데."

"재산은 좀 남겼답니까?"

"아내한테 조금 남긴 것 같은데, 대단한 건 아닌 듯합니다."

"조문을 하러 가야 할 텐데, 그 집이 워낙 멀어서 원…."

"당신 집에서 멀겠죠. 그 집에서는 어디든 안 멀겠습니까."

"제가 강 건너에 사는 게 그렇게도 마음에 안 드시나 봅니다."

표트르 이바노비치가 셰베크에게 미소 지으며 말했다. 그들은 시내의 어디에서 어디까지 거리가 얼마나 되는지에 관한 이야기를 나누다가 법정으로 들어갔다.

이반 일리치의 죽음이 그들에게 승진과 인사이동에 관한 생각만 불러일으킨 것은 아니었다. 주변의 누군가가 죽었다는 사실은 늘 그렇듯 그들에게 '죽은 건 내가 아니라 그 사람이야'라는 안도감을 느끼게 했다.

모두 이렇게 느끼거나 생각했다. '그 사람은 죽었지만 난 살아 있어!' 하지만 이반 일리치와 조금이라도 가까웠던 친구들은 장례식에 참석해 미망인을 위로하는 아주 성가신 의무가 남았다는 사실을 떠올리지 않을 수 없었다.

표도르 바실리예비치와 표트르 이바노비치가 이반 일리치와 가장 가까운 사이였다.

표트르 이바노비치는 이반 일리치와 함께 법률 학교에 다녔고, 평소 많은 신세를 졌다고 느꼈다.

그는 저녁 식사 때 아내에게 이반 일리치의 죽음과 처남을 이 지역으로 옮겨 오게 할 수 있을 것 같다는 소식을 전했다. 평소 같았으면 잠깐 눈을 붙였겠지만, 곧장 예복으로 갈아입고 이반 일리치의 집으로 출발했다.

이반 일리치의 집 입구에는 사륜마차 한 대와 이륜마차 두 대가 서 있었다. 아래층 현관 옷걸이 옆에는 금속 분말로 닦아 광을 내고, 금색 줄과 술 장식이 달린 황금색 천으로 덮은 관 뚜껑이 벽에 기대 세워져 있었다. 검은색 옷을 입은 여자 둘이 털 코트를 벗었다. 표트르 이바노비치는 그중 한 명이 이반 일리치의 여동생이라는 걸 알아보았다. 나머지 한 명은 그가 모르는 사람이었다. 그때 동료 시바르츠가 아래층으로 내려오다가 집 안으로 들어서는 표트르 이바노비치를 보고는 걸음을 멈추고 한쪽 눈을 찡긋했다. 마치 이렇게 말하는 듯했다. '이반 일리치는 인생을 망쳤어요. 우리와는 다르게 말이죠.'

영국식으로 수염을 기른 얼굴과 예복을 걸친 호리호리한 몸매의 시바르츠는 늘 그렇듯 가벼운 성격과는 정반대로 우아하고 근엄한 분위기를 풍겼는데, 이 자리에서는 특히 더 매력적으로 보였다. 적어도 표트르 이바노비치에게는 그렇게 보였다.

표트르 이바노비치는 두 부인에게 먼저 올라가라고 양보하고는 뒤따라 천천히 위층으로 올라갔다. 시바르츠는 내려오지 않고 그대로 서 있었다. 표트르 이바노비치는 시바르츠가 오늘 저녁에 카드놀이를 어디에서 할지 이야기를 나누고 싶어서라는 걸 알았다. 여자들은 미망인이 있는 위층 방으로 갔다. 시바르츠는 심각한 표정으로 입술을 꾹 다물고 있었지만, 눈에는 장난기가 가득했다. 그는 눈썹을 씰룩여 고인이 누워 있는 오른쪽 방을 가리켰다.

장례식에서 누구나 그러하듯 표트르 이바노비치는 뭘 어떻게 해야 할지 몰라 어리벙벙한 채로 방에 들어갔다. 그가 아는 건 그럴 때는 성호를 긋는 게 안전하다는 것뿐이었다. 하지만 성호를 그으면서 고개도 숙여야 하는지는 확신이 서지 않았다. 절충안을 선택했다. 안으로 들어가자마자 성호를 그으면서 아주 살짝 고개를 숙였다. 순간 머리와 팔의 움직임이 허락하는 범위까지 방 안을 둘러보았다. 고인의 조카인 게 분명한 젊은 남자 둘이 성호를 그으며 방을 나갔다. 한 명은 고등학생이었다. 한 노부인이 미동도 없이 서 있었고, 이상한 아치형 눈썹의 부인이 그 노부인에게 귓속말로 뭐라고 말했다. 프록코트를 입은 활기차고 단호해 보이는 부사제가 그 어떤 이의도 용납하지 않겠다는 듯한 표정으로 무언가를 큰 소리로 읽고 있었다. 집사 일을 돕는 게라심이 바닥에 뭔가를 뿌리며 표트르 이바노비치 앞을 가볍게 지나쳤다. 순간 표트르 이바노비치는 시신이 부패하는 냄새를 희미하게 알아차렸다. 표트르 이바노비치는 이반 일리치를 마지막으로 방문했을 때 서재에서 게라심을 본 적이 있었다. 이반 일리치는 게라심을 특별히 아꼈고, 게라심은 간병인 역할을 하고 있었다. 표트르 이바노비치는 계속 성호를 그으면서 관과 부사제, 구석의 탁자에 놓인 성상*들의 중간쯤으로 고개를 살짝 숙였다. 문득 너무 오래 성호를 그었다는 생각이 들자 팔의 움직임을 멈추고 고인에게로 고개를 돌렸다.

이반 일리치는 죽은 사람들이 그렇듯 굉장히 묵직한 모습으로 누워 있었다. 베개로 받친 머리는 인사하듯 살짝 앞으로 기울어졌고, 뻣뻣해진 사지는 푹신한 관에 가라앉은 듯 놓여 있었다. 움푹 꺼진 관자놀이 위로 벗겨진 머리와 함께 드러난 핏기 없는 누런 이마와 윗입술을 누를 듯 튀어나온 코도 망자 특유의 모습이었다. 살아 있을 때와는 완전히 달라 보였다. 표트르 이바노비치가 마지막으로 봤을 때보다도 야윈 모습이었지만 망자가 모두 그렇듯 그의 얼굴은 살아 있을 때보다 아름답고 위엄 있어 보였다. 해야 할 일을 다 했고 올바르게 해냈다고 말하는 표정이었다. 그 표정에는 살아 있는 자들을 향한 꾸지람과 경고도 담겨 있었다. 표트르 이바노비치는 그 경고가 적절하지 않다고, 적어도 자신에게는 해당하지 않는다고 생각했다. 갑자기 마음이 불편해져서 자기가 생각하기에도 예의에 어긋나게 느껴질 만큼 급하게 다시 한번 성호를 긋고 몸을 돌려 방을 나왔다. 시바르츠가 옆방에서 표트르 이바노비치를 기다리고 있었다. 다리를 넓게 벌리고 뒷짐을 진 채 두 손으로 실크해트를 만지작거리는 모

---

* 특정 종교의 신도들이 경배하는 상(像)이나 상징물.

습이었다. 그 장난스러우면서도 말쑥하고 우아한 모습을 보자, 표트르 이바노비치는 마음이 상쾌해지는 걸 느꼈다. 시바르츠는 지금 이 일 자체에 별로 신경 쓰지 않고, 그 어떤 울적한 분위기에도 휘둘리지 않을 사람처럼 보였다. 지금 시바르츠의 모습은 이반 일리치의 추도식이 법정 명령을 어길 충분한 이유가 될 수 없다고, 즉 오늘 밤 하인이 새 양초를 탁자에 놓을 때 그가 새 카드 한 벌을 뜯어서 섞는 것을 방해할 수 없다고 말하고 있었다. 이반 일리치의 추도식 때문에 그들이 오늘 밤을 즐겁게 보내지 못할 이유가 없다고 말이다. 실제로 시바르츠는 표트르 이바노비치가 지나칠 때 귓속말로 그렇게 말하면서 표도르 바실리예비치 집에 모여 카드놀이를 하자고 했다. 하지만 표트르 이바노비치는 오늘 밤 카드놀이를 할 운명이 아니었다. 바로 그때 검은색 상복을 입고 머리에 레이스가 달린 베일을 쓴 미망인 프라스코비야 표도로브나(키가 작고 뚱뚱한 그녀는 날씬하게 보이려고 무척 애를 썼지만, 어깨 아래로 갈수록 점점 더 뚱뚱해지는 모습이었고, 눈썹은 아까 관 옆에 서 있던 부인처럼 이상한 아치형이었다)가 다른 부인들과 함께 자신의 방에서 나와 그들을 망자가 누워 있는 방으로 안내하며 이렇게 말했기 때문이다.

"곧 추도식이 시작됩니다. 안으로 들어가세요."

시바르츠는 제자리에 선 채로 보일 듯 말 듯 살짝 고개를 숙였다. 방으로 들어가겠다는 것도 들어가지 않겠다는 것도 아니었다. 프라스코비야 표도로브나가 표트르 이바노비치를 알아보고 한숨을 내쉬더니 다가와서 그의 손을 잡고 말했다.

"그이와 절친한 사이셨지요."

그녀는 그 말에 어울리는 대답을 기다리는 듯 표트르 이바노비치를 바라보았다.

표트르 이바노비치는 아까 방 안에서는 성호를 긋는 것이 올바른 행동이었던 것처럼 지금은 미망인의 손을 맞잡고 한숨을 내쉬며 '그렇고말고요'라고 말해야 한다는 걸 알고 있었다. 그래서 그렇게 했다. 기대했던 반응을 끌어내는 데 성공한 듯했다. 두 사람 모두 감동했다.

"저랑 잠깐 가세요. 추도식이 시작되기 전에 드릴 말씀이 있어요. 팔 좀 빌려주세요."

미망인이 말했다.

표트르 이바노비치가 팔을 내주었고, 두 사람은 집의 안쪽으로 향했다. 시바르츠를 지나칠 때 시바르츠가 표트르 이바노비치에게 안쓰럽다는 얼굴로 한쪽 눈을 찡긋했다. 그 장난기 가득한 얼굴은 이렇게 말하고 있었다. '함께 카드놀이를 하긴 틀렸네요! 다른 사람을 구해도 너무 섭섭하게 생각하지 마세요. 다섯 명이어도 괜찮으니 나중에 빠져나올 수 있으면 오던가요.'

표트르 이바노비치가 아까보다 절망적으로 깊은 한숨을 내쉬자, 프라스코비야 표도로브나는 고맙다는 듯이 그의 팔을 잡은 손에 힘을 주었다. 그들은 분홍색 크레톤 커튼으로 둘러싸이고 희미한 램프 불빛이 켜진 거실로 들어가 탁자를 사이에 두고 앉았다. 프라스코비야 표도로브나는 소파에, 표트르 이바노비치는 낮은 쿠션 의자에 앉았는데, 앉자마자 갑자기 의자 스프링이 휘어졌다. 프라스코비야 표도로브나는 그 의자에 앉지 말라고 주의를 주려고 했지만 지금 상황에서 그런 주의를 준다는 게 어울리지 않는다는 생각이 들어 마음을 바꾸었다. 표트르 이바노비치는 그 의자에 앉아 있자니 이반 일리치가 이 거실을 꾸몄다는 사실이 떠올랐고, 초록색 나뭇잎 모양이 들어간 분홍색 크레톤 천에 관해 조언을 구했던 일도 생각났다. 거실에는 가구와 이런저런 잡동사니가 가득했고 미망인이 소파에 앉을 때 검은 숄의 레이스가 탁자 테두리에 걸렸다. 표트르 이바노비치가 레이스를 떼어 주려고 몸을 일으키는 순간, 그의 무게에 눌렸던 의자의 스프링이 튀어 올라 그를 밀쳤다. 미망인이 직접 레이스를 떼어 내려는 걸 보고는 그는 제멋대로 움직이는 의자를 짓누르면서 다시 자리에 앉았다. 하지만 레이스가 좀처럼 떨어지지 않자 표트르 이바노비치는 다시 일어났고 스프링도 다시 튀어 올랐다. 이번에는 삐걱거리는 소리까지 났다. 미망인은 겨우 레이스를 떼어 내고는 자리에 앉았고, 깨끗한 면 손수건을 꺼내더니 훌쩍이기 시작했다. 방금 전의 레이스 사건과 불편한 의자 스프링 때문에 기분이 가라앉은 표트르 이바노비치는 뚱한 표정으로 앉아 있었다. 어색함이 흐르는 상황에서 마침 이반 일리치의 집사 소콜로프가 들어왔다. 프라스코비야 표도로브나가 고른 묘지의 사용료가 200루블이라고 전달하러 온 것이었다. 프라스코비야 포도로브나는 울음을 멈추고 억울하다는 표정으로 표트르 이바노비치를 보더니 프랑스어로 너무 힘들다고 말했다. 표트르 이바노비치는 말없이 표정만으로 이해한다는 뜻을 전했다.

"담배라도 한 대 피우고 계세요."

프라스코비야 표도로브나는 힘없는 목소리로 손님을 배려하고 나서 몸을 돌려 소콜로프와 묘지 사용료에 관해 상의했다. 표트르 이바노비치는 담배를 피우는 동안 미망인이 여러 묘지의 값을 상세하게 물어보고 마침내 그중 하나를 선택하는 소리를 들었다. 그녀는 묫자리 이야기가 끝난 후 성가대에 관한 지시도 내렸다. 소콜로프는 방을 나갔다.

"모든 일을 저 혼자 다 처리해야 한답니다."

프라스코비야 포도로브나가 탁자에 놓인 앨범들을 옆으로 치우며 말했다. 그녀는 표트르 이바노비치의 담뱃재가 탁자에 떨어지려는 것을 알아채고 얼른 재떨이를 건네면서 말했다.

"슬퍼하느라고 해야 할 일을 못 한다는 건 말도 안 된다고 생각해요. 오히려 전 그이와 관련된 일들을 처리하다 보면 슬픔을 잊게 되거든요. 위안이 되는 것까진 아니더라도 말이에요."

그녀는 또 눈물이 날 것 같은지 손수건을 꺼내 들었다. 하지만 마음을 다잡으려는 듯 몸을 흔들더니 차분하게 입을 열었다.

"드릴 말씀이 있어서요."

표트르 이바노비치는 또다시 꿈틀거리기 시작하는 의자의 스프링을 누르면서 고개를 숙였다.

"그이는 마지막 며칠 동안 몹시 고통스러워했어요."

"그랬나요?"

"아, 끔찍할 정도였어요! 몇 분이 아니라 몇 시간 동안 비명을 질렀어요. 마지막 사흘 동안은 비명이 쉬지 않고 계속됐죠. 견디기 힘들었어요. 지금 생각하면 어떻게 견뎠는지 모르겠네요. 세 칸 떨어진 방에서도 비명이 들릴 정도였으니까요. 아, 얼마나 괴로웠는지 몰라요!"

"내내 의식은 있었습니까?"

표트르 이바노비치가 물었다.

프라스코비야 표도로브나가 작은 목소리로 대답했다.

"네, 마지막 순간까지 의식이 있었어요. 눈을 감기 십오 분쯤 전에는 우리에게 작별 인사를 했고, 바샤를 데리고 나가 달라고까지 했죠."

표트르 이바노비치는 처음에는 순수한 어린아이로, 그다음에는 학교 친구로, 어른이 되어서는 동료로 가까이에서 알고 지낸 사람이 받았을 고통을 생각하니 자신과 저 여인의 위선이 불쾌하면서도 문득 두려운 기분이 들었다. 고인의 이마와 입술에 닿을 듯한 코가 떠오르면서 가슴이 철렁했다.

'사흘 내내 끔찍한 고통에 시달리다 죽었다니! 그런 일이 언제 갑자기 나에게도 생길지 몰라.' 이런 생각이 들자 표트르 이바노비치는 공포가 느껴졌다. 하지만 자신도 모르게 곧바로 평소와 다름없는 생각이 들었다. 그런 일은 자신이 아니라 이반 일리치에게 일어난 것이고, 자신에게는 일어날 수 없고 일어날 리도 없다고. 그런 일이 일어날 거라고 생각하는 것 자체가 우울함에 지는 것이니 그러지 말아야 한다고. 시바르츠의 표정이 분명히 보여 주지 않았던가. 여기까지 생각하자 한결 마음이 편안해진 표트르 이바노비치는 제대로 관심을 집중하고, 이반 일리치의 마지막에 관해 자세히 물었다. 마치 죽음은 이반 일리치에게만 일어날 수 있는 우연이고 자신에게는 절대로 일어날 리 없는 것처럼 말이다.

미망인은 이반 일리치가 겪은 끔찍한 육체적 고통에 관해 자세히 얘기하더니, (남편의 고통이 자신을 얼마나 힘들게 했는지에 대한 이야기를 중점적으로 늘어놓았다) 이제 본론으로 들어가야겠다고 생각하는 듯했다.

"아, 표트르 이바노비치, 정말 힘들어요. 끔찍하게 힘들어요!"

프라스코비야 표도로브나는 다시 울음을 터뜨렸다. 표트르 이바노비치는 한숨을 쉬고는 그녀가 코를 다 풀 때까지 기다렸다가 입을 열었다.

"그 심정 이해…."

프라스코비야 표도로브나가 표트르 이바노비치의 말을 막으며 처음부터 그를 따로 보자고 한 용건인 게 분명한 이야기를 꺼냈다. 남편이 사망했을 때 국가에서 어떻게 지원금을 받을 수 있는지 물어보는 것이었다. 그녀는 자신의 연금에 관해 물어보는 척했지만 이내 표트르 이바노비치는 그녀가 이미 그보다도 더 자세하게 알고 있다는 것을 알아차렸다. 그녀는 남편이 사망했을 경우 국가로부터 돈을 얼마나 받을 수 있는지 다 알고 있었고, 더 받을 방법은 없는지 알고 싶은 것이었다. 표트르 이바노비치는 다른 방법이 있는지 생각해 보고는 잠시 후 예의상 정부의 인색함을 탓하면서 방법이 없을 것 같다고 말했다. 그러자 프라스코비야 표도로브나는 한숨을 쉬었고, 이 조문객을 그만 내보낼 핑곗거리를 찾으려는 기색이 역력했다. 그 사실을 알아차린 표트르 이바노비치는 담뱃불을 끄고 자리에서 일어나 미망인의 손을 잡고 한 번 꾹 누른 후 다른 방으로 갔다.

이반 일리치가 골동품 가게에서 사고 무척 좋아했던 괘종시계가 있는 식당에서 표트르 이바노비치는 사제와 추도식에 참석하러 온 지인 몇 명을 만났다. 어엿한 여성으로 성장한 이반 일리치의 딸도 있었다. 역시 검은색 옷차림이었고 가냘픈 몸매가 더더욱 가냘파 보였다. 침울하면서도 화난 것처럼 단호한 표정의 그녀는 원망이라도 하듯 표트르 이바노비치에게 고개를 숙여 인사했다. 그녀 뒤에는 역시 화난 표정으로 서 있는 부유한 청년이 있었다. 표트르 이바노비치도 아는 얼굴이었다. 예심판사이고, 이반 일리치 딸의 약혼자라고 들었다. 표트르 이바노비치가 애통한 표정으로 두 사람에게 인사하고 시신이 안치된 방으로 가려는데, 계단 아래쪽에 이반 일리치의 아들이 보였다. 아직 학생인 그 아이는 제 아버지를 꼭 빼닮았다. 표트르 이바노비치가 기억하는 법률 학교 시절 이반 일리치의 모습 그대로였다. 눈물로 약간 가려진 두 눈은 더 이상 순수하지만은 않은 열서너 살짜리 남자아이들의 눈빛 그대로였다. 침울한 표정의 아이는 표트르 이바노비치를 보더니 창피한 듯 얼굴을 찡그렸다. 표트르 이바노비치는 아이에게 고개를 한 번 끄덕이고는 시신이 안치된 방으로 들어갔다. 촛불과 탄식 소리, 향냄새, 눈물과 흐느낌 속에서 추도식이 시작되었다. 표트르 이바노비치는 침울한 표정으로 서서 제 발끝만 바라보았다. 시신에는 한 번도 눈길을 주지 않았고 우울한 분위기에 휩쓸리지도 않다가 제일 먼저 자리를 뜨는 이들과 함께 방을 나왔다. 응접실에는 아무도 없었다. 그런데 게라심이 고인의 방에서 급히 나왔다. 게라심은 튼튼한 손으로 털 코트들을 뒤져 표트르 이바노비치의 코트를 찾아서 그가 코트 입는 것을 도와주었다.

"게라심, 정말 슬픈 일이야. 그렇지?"

표트르 이바노비치는 무슨 말이라도 해야 할 것 같아서 말했다.

"다 신의 뜻이지요. 누구나 언젠가는 맞이할 운명입니다."

게라심이 건강한 농부에게 어울리는 희고 고른 치아를 드러내며 대답했다. 그는 한창 바쁘게 일하다 중간에 나온 사람처럼 현관문을 힘차게 열고 마부를 불렀다. 그러더니 표트르 이바노비치를 마차에 태우고는 남은 일을 마저 하려는 듯 다시 현관으로 달려갔다.

표트르 이바노비치는 향냄새와 시신 냄새, 석탄산 냄새를 맡은 후라서 그런지 신선한 공기가 더없이 상쾌하게 느껴졌다.

"어디로 모실까요?"

마부가 물었다.

"아직 늦지 않았군. 표도르 바실리예비치 집으로 가 주게."

표트르 이바노비치가 표도르 바실리예비치 집에 도착했을 때
는 카드놀이의 첫판이 막 끝나 있었다. 새로 시작될 판에 끼어들
기에 안성맞춤이었다.

2

이반 일리치의 삶은 무척 소박하고 지극히 평범했으며 그렇기에 아주 끔찍했다.

그는 법원 판사로 일하다 마흔다섯 살에 세상을 떠났다. 그의 아버지는 페테르부르크에서 여러 부처와 부서를 거친 고위급 관리였다. 그런 사람들 있지 않은가. 너무 오랫동안 자리를 지켜와서 해고할 수도 없고 그렇다고 막중한 직책을 맡기기에도 적합하지 않아, 따로 만들어 준 적당한 자리에서 1년에 6,000에서 10,000루블씩 꼬박꼬박 챙겨 가면서 꿀을 빨다가 노년을 느긋하게 살아가는 그런 사람들 말이다.

삼등 문관 일리야 예피모비치 골로빈이 바로 그런 쓸모없는 기관에서 쓸모없는 직책을 차지하고 있던 인물이었다.

그에게는 아들이 셋 있었는데 이반 일리치는 둘째였다. 장남은 부서만 다를 뿐 아버지와 똑같은 길을 밟고 있었다. 이미 하릴없이 자리만 지키면서 돈은 꼬박꼬박 받아 챙기는 단계에 가까워지고 있었다. 셋째 아들은 실패작이었다. 그는 여러 자리를 거쳤지만 번번이 기회를 망쳐 버렸고 지금은 철도청에서 일하고 있었다. 아버지와 형들은 셋째를 만나는 것을 싫어하는 정도를 넘어 웬만하면 존재 자체를 떠올리지 않으려고 했다. 형수들은 정도가 더 심했다. 하나 있는 딸은 그레프 남작과 결혼했다. 남작은 장인과 비슷한 페테르부르크의 관리였다. 이반 일리치는 흔히 말하는 집안의 자랑거리였다. 그는 형처럼 차갑거나 격식을 차리지 않았고 동생처럼 제멋대로도 아니었다. 그 중간쯤이라 할 수 있는 똑똑하고 세련되고 활기차고 유쾌한 성격이었다. 그는 동생과 함께 법률 학교에 다녔다. 동생은 학교를 마치지 못하고 5학년 때 퇴학당했지만, 이반 일리치는 우수한 성적으로 졸업했다. 법률 학교 시절의 모습은 그가 평생을 살면서 보여 준 모습과 조금도 다르지 않았다. 능력 있고 쾌활하고 선량하고 사교성이 좋으면서도 맡은 의무와 책임에 대해서는 엄격한 사람이었다. 그가 자신의 의무라고 생각하는 것은 지위 높은 사람들이 생각하는 그것과 일치했다. 벌레가 밝은 빛을 향해 날아들 듯 이반 일리치는 젊은 시절부터 상류사회 사람들에게 끌렸고, 그들의 행동이나 인생관을 받아들이고 그들과 친분을 쌓았다. 어린 시절과 젊은 시절의 열정은 그에게 별다른 흔적을 남기지 않고 지나갔다. 한때는 여자와 허영심에 열중하고 고학년 때는 자유주의 사상에 빠지기도 했지만, 그의 본능이 옳은 길이라고 말해 주는 선을 넘은 적은 한 번도 없었다.

법률 학교 다닐 적에 그는 지금 같으면 몸서리쳤을 만한 일을 하기도 했다. 실제로 그런 행동을 했을 때 자신이 혐오스럽게 느껴졌다. 하지만 나중에 상류층 사람들도 그런 행동을 저지르고, 그러고도 그들은 그것이 잘못되었다고 여기지 않는다는 사실을 알게 되었다. 그들이 옳다고 생각한 것은 아니었지만 그래도 자신이 그런 행동을 했다는 사실을 떠올릴 때 더 이상 괴롭지 않을 수 있었다.

법률 학교를 졸업하고 십등 문관 자리에 임용되자 아버지가 필요한 물건을 사라고 돈을 주었다. 이반 일리치는 부유층이 애용하는 샤르메르 양복점에서 옷을 주문하고 '결과를 생각하라'라는 문구를 새겨 넣은 메달을 시곗줄에 걸었다. 은사와 학교의 후원자 대공에게 인사하고 동기들과 최고급 레스토랑 도논에서 작별 만찬을 나누었다. 그리고 모두 최고급 상점에서 최신 유행하는 것으로 구입한 커다란 여행 가방과 리넨 제품, 옷, 면도 및 세면용품, 여행용 담요를 챙겨 발령받은 지방으로 떠났다. 아버지가 힘써 준 덕분에 현 지사의 특별보좌관으로 발령받은 터였다.

그 지방에서 이반 일리치는 법률 학교에서 그런 것처럼 너그럽고 쾌활한 성격이라는 이미지를 쌓아 나갔다. 공무를 수행하면서 경력을 쌓아 나가는 한편, 유쾌하고 점잖게 삶을 즐기기도 했다. 가끔 업무차 다른 지역으로 출장을 다녔다. 그곳에서 그는 자신보다 높은 사람들뿐만 아니라 낮은 사람들에게도 예의 바르게 대했고, 주로 분리파*와 관련된 업무 또한 스스로 자랑스러울 정도로 정확하고 정직하게 처리했다.

그는 아직 젊고 가볍게 즐기는 것을 좋아하는 성향이었지만, 맡은 업무에 있어서는 신중하고 꼼꼼하고 엄격하기까지 했다. 하지만 사람들과 어울릴 때는 유쾌하고 재치 있고 온화하고 예의 바른 모습이었다. 한마디로 그는 가족처럼 가깝게 지낸 지사 부부가 칭한 것처럼 '좋은 청년'이었다.

그곳에서 이반 일리치는 세련된 법조인인 그에게 먼저 접근한 부인과 관계를 맺었다. 모자 가게 여주인과도 관계가 있었다. 그 지역을 방문한 시종무관들과 술잔치를 벌이거나 저녁에 평판이 의심스러운 외곽 거리를 방문하기도 했으며, 지사는 물론 그의 부인에게까지 지나치게 아첨을 떨었다. 하지만 어떤 행동을 하든 가정 교육을 잘 받은 표시가 나서 그를 험담하는 사람은 아무도 없었다. 프랑스 속담에서 말하듯 '젊은 날의 객기'로 봐 줄 수 있는 정도였다. 깨끗한 셔츠를 입고 프랑스어를 써 가며 떳떳하게, 무엇보다 상류층 사람들 사이에서 그들의 인정을 받으며 이루어진 일이었다.

그곳에서 5년간 일한 후 직장생활에 변화가 찾아왔다. 법률제도의 개혁으로 새로운 인력이 필요해진 것이다.

이반 일리치가 바로 그 새로운 인력이 되었다.

그는 예심판사직을 제안받았다. 지금까지 쌓은 인맥을 포기하

---

* 17세기에 러시아 정교회에서 떨어져 나온 신자들을 말한다.

고 다른 지방으로 가서 새롭게 시작해야 했지만, 그는 제안을 받아들였다. 친구들이 모여서 송별회를 열어 주었다. 다 함께 사진을 찍었고, 은색 담뱃갑을 선물로 받았다. 그 후 그는 새로운 지방으로 떠났다.

예심판사가 된 이반 일리치는 특별보좌관으로 일할 때처럼 점잖고 품위 있는 모습을 보여 주었다. 사람들의 존경을 받았고 공과 사를 구분할 줄 알았다. 예심판사의 업무는 전에 하던 일보다 훨씬 더 흥미롭고 매력적이었다. 물론 예전 일도 나름대로 좋았다. 그때는 샤르메르에서 맞춘 제복을 입은 그가, 걱정 가득한 얼굴로 현 지사를 만나려고 기다리는 청원자들과 관리들을 가벼운 발걸음으로 지나쳐 지사의 집무실로 당당하게 들어가곤 했다. 그때마다 부러움의 눈길이 그에게로 향했다. 집무실에서 지사와 함께 차를 마시고 담배를 피웠다. 하지만 그때는 그가 직접 좌지우지할 수 있는 대상이 많지 않았다. 기껏해야 특별 업무를 위해 출장을 간 지역의 경찰관과 분리파 교도들뿐이었다. 그래도 이반 일리치는 예의를 차려 그들을 동료처럼 대해 주었다. 마음만 먹으면 얼마든지 깔아뭉갤 수 있는 위치에 있으면서도 친절함을 잃지 않는 소탈한 모습을 보여 주려는 듯 말이다. 하지만 그때는 애초에 그가 영향력을 행사할 수 있는 대상 자체가 많지 않았다. 그러나 예심판사가 된 지금 이반 일리치는 아무리 대단하거나 자신감이 넘치는 사람이라도 단 한 명도 예외 없이 자신의 손안에 있다고 여기게 되었다. 특정한 제목이 적힌 서류에

몇 글자만 적으면 제아무리 대단하고 위풍당당한 사람이라도 피고인이나 증인의 역할로 그 앞에 소환할 수 있지 않은가. 마음만 먹으면 자리에 앉히지 않고 세워 둔 채로 질문에 답하게 할 수도 있었다. 그래도 이반 일리치는 권력을 함부로 쓰지 않았다. 오히려 부드럽게 힘을 행사하려고 노력하는 편이었다. 하지만 애초에 그런 권력이 주어진다는 것과 그 힘을 부드럽게 사용할 수도 있다는 사실 자체가 그가 예심판사라는 직업에 끌린 이유였다. 업무, 특히 심문 과정에서 그는 사건의 법률적인 측면과 상관없는 부분을 전부 제거하는 방법을 빠르게 터득했다. 아무리 복잡한 사건이라도 개인적인 견해는 완전히 제쳐 두고 겉으로 드러난 요소들만 담은 서류로 간소화했다. 물론 형식적인 절차는 모두 준수했다. 사실 그가 맡은 업무 자체가 새로운 것이었다. 예심판사 이반 일리치는 1864년에 제정된 새로운 법률을 처음 집행하는 일을 맡았으니까 말이다.

예심판사가 되어 새로운 도시로 옮겨 온 이후로, 그는 새로운 사람들을 만나 인맥을 쌓으며 새롭게 자리를 잡았고, 예전과 사뭇 다른 분위기를 풍겼다. 지방 관리직들에게는 기본적인 예의는 차리되 다소 냉담한 태도로 대했지만, 도시에서 가장 잘나가는 법조계 인사들과 부유한 귀족들만 골라서 교류하며 그들을 대할 때는 정부에 불만이 있는 온건한 자유주의자이자 계몽된 시민의 태도를 취했다. 품위 있는 차림새는 그대로였지만 예전과 달리 턱수염을 깎지 않고 계속 길렀다.

이반 일리치는 새로운 도시에 매우 만족스럽게 정착했다. 그곳 사람들은 현 지사에 반대하는 경향이 있기는 했지만 다들 친절했고 봉급도 예전보다 높았다. 새로 시작한 카드놀이가 그의 삶에 꽤 커다란 기쁨을 더해 주었다. 그는 카드놀이에 재능이 있는 데다가 항상 유쾌한 태도로 임하고 상황 판단도 빠르고 정확해서 대부분 이겼다.

새 도시에 정착한 지 2년이 지났을 때 이반 일리치는 장차 아내가 될 프라스코비야 표도로브나 미헬을 만났다. 그녀는 그가 활동하는 사교계에서 가장 매력적이고 영리하고 멋진 아가씨였다. 그는 예심판사의 힘든 업무에서 벗어나기 위해 다른 취미와 여가를 즐기는 동안 틈틈이 그녀를 만나 가볍고 기분 좋은 관계를 이어갔다.

이반 일리치는 특별보좌관 시절에는 춤을 자주 추었지만, 예심판사가 된 후에는 춤을 추는 일이 거의 없었다. 어쩌다 가끔 춤을 출 때도 자신이 새로운 사법제도에서 오등 관리까지 올랐지만 춤 실력 또한 뛰어나다는 사실을 보여 주기 위해 추는 것 같았다. 그는 파티가 끝날 무렵에 가끔 프라스코비야 표도로브나와 춤을 추었는데, 그가 그녀를 사로잡은 것은 바로 그런 순간이었다. 그녀는 그를 사랑하게 되었다. 처음에 이반 일리치는 결혼에 대한 생각이 확고하지는 않았지만, 자신에게 푹 빠진 여자를 보자 이런 생각이 들었다. '그래, 까짓것 결혼 못 할 이유도 없잖아?'

프라스코비야 표도로브나는 좋은 집안 출신이었고, 외모도 나쁘지 않은 데다 재산도 좀 있었다. 어쩌면 이반 일리치가 더 나은 상대를 찾을 수도 있었겠지만 이 정도면 괜찮았다. 그는 봉급을 받고 있었고, 바라건대 그녀도 비슷한 수준의 소득이 있을 터였다. 게다가 그녀는 인맥도 좋은 데다 상냥하고 예쁘고 품행이 올바른 여성이었다. 이반 일리치가 프라스코비야 표도로브나와 결혼한 이유는 그녀와 사랑에 빠져서도, 서로 인생관이 비슷해서도, 주변 사람들이 찬성해서도 아니었다. 그가 흔들린 이유는 두 가지였다. 그에게 개인적인 만족감을 주는 결혼이라는 점, 가장 사회적 지위가 높은 지인들이 옳다고 여기는 일이라는 점 때문이었다.

이반 일리치는 그래서 결혼했다.

결혼 준비 기간과 부부간의 애정 표현, 새 가구, 새 그릇, 새 리넨이 있는 신혼 기간까지만 해도 너무나 행복했다. 아내가 임신하기 전까지는 그랬다. 그래서 이반 일리치는 결혼이 그가 전에 누려 온 편하고 즐겁고 언제나 품위 있는 삶, 그러니까 사교계가 인정하고 그 자신도 당연하게 여기는 삶을 가로막지 않으며 오히려 도와준다고 생각했다. 하지만 아내가 임신했을 때부터 뭔가 예전과 다르고 불쾌하고 우울하고 꼴사나운 일들이 갑자기 벌어지기 시작했고, 벗어날 방법이 없었다. 그의 아내는 아무런 이유도 없이―이반 일리치가 생각하기에 '오히려 즐기는 태도로'―그들의 즐겁고 품위 있는 삶을 무너뜨리기 시작했다. 그녀는 아무런 이유도 없이 질투하기 시작했고, 자신에게만 온 관심을 쏟으라고 요구하는가 하면 매사에 꼬투리를 잡았고, 경박하거나 무례한 언행으로 한바탕 소란을 일으켰다.

처음에 이반 일리치는 예전에 그랬던 것처럼 가볍고 품위 있는 태도로 삶을 살아가면서 이 불편한 상태에서 벗어나려고 했다. 불쾌감을 일으키는 아내의 태도를 무시한 채 평소처럼 가볍고 유쾌하게 생활했다. 친구들을 집에 초대해 카드놀이를 하고, 저녁에는 클럽에 가거나 친구들과 시간을 보냈다. 그런데 어느날 아내가 굉장히 거친 표현까지 써 가면서 그를 심하게 비난했다. 그 후로는 계속 그가 자신의 요구를 들어주지 않을 때마다 심한 욕설을 퍼부었다. 남편이 굴복할 때까지, 다시 말해서 남편도 자기처럼 집 안에 처박혀 심심해할 때까지, 절대로 물러서지 않겠다는 단호한 의지가 엿보였다. 이반 일리치는 경각심에 사로잡혔다. 그는 결혼생활이—특히 상대가 프라스코비야 표도로브나라면 더더욱—언제나 즐겁고 안락하기만 한 것은 아니며, 오히려 안락하고 품위 있는 삶을 무너뜨리는 경우가 더 많다는 것을 깨달았다. 그리고 그런 일이 생기지 않도록 자신을 지킬 필요가 있다는 것도 깨달았다. 그는 방법을 찾기 시작했다. 그가 프라스코비야 표도로브나에게 이용할 수 있는 단 하나의 무기는 바로 그의 일이었다. 이반 일리치는 직장 업무와 의무를 내세워 독립을 사수하기 위한 투쟁을 시작했다.

아이가 태어난 뒤 아내는 젖을 물리는 일이 잘 되지 않을 때가 많았고, 자신이나 아기가 실제로 아프거나 아픈 것처럼 생각될 때마다 남편에게 공감을 요구했다. 하지만 이반 일리치는 어떻게 해야 할지 도무지 알 수 없었다. 가정생활 이외에 바깥에서도 따로 자신만의 삶을 잘 구축해야겠다는 생각만 확실해질 뿐이었다.

아내의 짜증과 요구가 심해질수록, 이반 일리치는 일을 가장 중요하게 여기기 시작했다. 갈수록 일이 좋아졌고 야망도 커졌다.

결혼한 지 1년도 채 되지 않아서 그는, 결혼이 어느 정도 삶을 안락하게 해 주지만 사실은 매우 복잡하고 어려운 문제라는 것을 깨달았다. 사교계에서 인정받는 품위 있는 삶을 살기 위해서는 일에서와 마찬가지로 확실한 태도를 취할 필요가 있었다.

그래서 이반 일리치는 결혼 생활에 대한 확실한 태도를 정했다. 결혼 생활에서는 오로지 저녁 식사, 살림을 해 줄 사람, 잠자리 같은 편리함, 그리고 무엇보다도 세상의 기준에 부합하는 그럴듯한 모양새만 기대하고, 나머지는 가벼운 여흥과 품위에서 찾기로 한 것이었다. 이런 것들이 충족될 때는 감사함을 느꼈고, 아내의 불평이나 적대감에 부딪히면 곧바로 모든 것을 등지고 일의 세계로 들어가 만족을 찾았다.

이반 일리치는 유능한 관리로 존경받았고 3년 후 검사보로 임명되었다. 새로운 임무와 그 중요성, 그가 선택한 사람이라면 누구든 법정에 세우고 감옥에 보낼 수 있는 힘, 그의 입에서 나오는 말에 쏠리는 사람들의 관심, 지금까지 거둔 모든 성공은 그가 새로운 일에 더 큰 매력을 느끼게 했다.

아이들이 더 태어났다. 그의 아내는 점점 더 잔소리가 심해지고 성미가 고약해졌지만, 이반 일리치는 결혼 생활에 대해 정해놓은 태도 덕분에 아내의 짜증도 한 귀로 듣고 한 귀로 흘려버릴 수 있었다.

그 도시에서 근무한 지 7년이 지났을 때 이반 일리치는 다른 지역의 검사로 발령받았다. 가족과 함께 새로운 지역으로 이사했지만 돈은 부족했고, 아내는 이사한 곳을 마음에 들어 하지 않았다. 봉급은 예전보다 올랐지만 생활비가 더 많이 들었다. 게다가 아이 둘이 세상을 떠나는 바람에 가정생활이 이반 일리치에게는 더더욱 불편하게 다가왔다.

프라스코비야 표도로브나는 새집에서 맞닥뜨리는 모든 불편함을 남편 탓으로 돌렸다. 남편과 아내는 대화를 나눌 때마다, 특히 그 사안이 아이들 교육 문제일 경우에는 예전에 다퉜던 일까지 다시 들먹거려서 큰 싸움으로 번지기 일쑤였다. 아주 드물긴 해도 부부간에 애정을 표현할 때도 있었지만 오래 가지는 못했다. 그런 순간은 잠시 머무는 작은 섬과 같을 뿐, 이내 그들은 적개심이 가득 드리워진 바다로 출발해 서로에 대한 냉담함을 드러낼 뿐이었다. 만약 이반 일리치가 그런 냉담한 관계를 받아들이지 못했다면 무척 슬펐겠지만 그에게 그것은 지극히 정상적인 상황이었다. 오히려 그가 가정생활의 목표로 삼은 것이기도 했다. 그의 목표는 불쾌함에서 가능한 한 멀리 벗어나, 전혀 해롭지 않고 겉보기에 그럴듯한 가정을 유지하는 것이었다. 그는 가족과 보내는 시간을 점점 더 줄이는 방법으로 목표를 달성했다. 어쩔 수 없이 집에 있어야 할 때는 꼭 손님들을 불러서 자신의 위치를 사수했다. 하지만 가장 중요한 것은 그에게 일이 있다는 사실이었다. 이제 그의 삶에서 가장 큰 관심사는 일을 중심으로 돌아갔고, 그는 일에 완전히 몰두했다. 자신이 가진 권력에 대한 의식, 마음만 먹으면 누구든 파멸로 몰아넣을 수 있다는 사실, 그의 직업에 따라오는 중요성, 법정에 들어서거나 아랫사람들과 회의할 때 느껴지는 우월감, 자신보다 잘나거나 못난 사람들과의 성공적인 인간관계, 무엇보다 자기 자신이 너무나 잘 아는 탁월한 업무 능력, 이 모든 것이 그에게 기쁨을 주었고 삶을 채워 주었다. 동료들과 함께하는 잡담과 저녁 식사, 카드놀이도 마찬가지였다. 이렇듯 이반 일리치의 인생은 그가 원하는 대로 계속 유쾌하고 품위 있게 흘러갔다.

그렇게 또 7년이라는 세월이 흘렀다. 그의 큰딸은 벌써 열여섯 살이었고, 또 한 아이는 세상을 떠났다. 하나뿐인 아들은 학교에 다녔는데, 아들이 부부 싸움의 원인이었다. 이반 일리치는 아들을 법률 학교에 보내고 싶었지만, 프라스코비야 표도로브나는 남편에 대한 앙심으로 아들을 일반 고등학교에 보내 버렸다. 딸은 집에서 교육받았지만 잘 자랐다. 아들 역시 그만하면 썩 잘 자란 편이었다.

3

이반 일리치가 결혼한 지 17년이 되었다. 그가 검사로 일한 지도 오래였다. 그동안 자리를 옮길 기회가 여러 번 있었지만 매번 거절하고 더 좋은 자리가 나기를 기다렸는데, 그의 평화로운 삶을 뒤흔드는 전혀 예상치도 못한 불쾌한 사건이 일어나고 말았다. 대학 도시의 수석 판사 자리를 제안받을 거라고 기대하고 있었는데, 그를 제치고 고페가 그 자리를 차지해 버린 것이었다. 화가 난 이반 일리치는 고페를 비난했다. 고페뿐만 아니라 직속 상관들과도 말다툼을 벌였다. 그 이후로 상관들은 차갑게 변했고 다른 자리가 났을 때도 그를 추천해 주지 않았다.

그것은 1880년에 일어난 일이었다. 그해는 이반 일리치의 인생에서 가장 힘든 한 해였다. 한편으로는 그의 월급으로 가족을 먹여 살리기에 빠듯했고, 또 한편으로는 그가 모두에게 잊혔다는 사실이 분명해졌다. 그뿐만이 아니었다. 그에게는 너무도 심각하고 부당한 일인데 남들은 아무렇지 않게 여기는 것 같았다. 그의 아버지조차 아들을 도와줘야 한다고 생각하지 않았다. 이반 일리치는 세상 모두에게 버림받은 느낌이었다. 다들 그의 자리에서 1년에 3,500루블을 받는 것은 지극히 정상이거나 오히려 행운이라고 여겼다. 부당한 일을 당한 것이나 아내의 끊이지 않는 잔소리, 분수에 맞지 않는 생활로 진 빚이 정상과는 거리가 멀다는 걸 아는 사람은 오직 그뿐이었다.

그해 여름에 그는 돈을 아끼기 위해 휴가를 얻어 아내와 함께 처남이 사는 시골로 갔다.

일에서 벗어난 시골에서 그는 태어나 처음으로 따분함을 느꼈다. 견딜 수 없을 정도로 심한 우울감도 찾아왔다. 앞으로 계속 이렇게 살 수는 없으니, 적극적으로 방법을 찾아보기로 결심했다.

잠 못 이루며 베란다를 서성이던 그는 페테르부르크에 가서 힘을 써 보기로 했다. 자신을 알아주지 않는 이들을 벌하고 다른 부서로 옮길 방법을 찾으려는 것이었다.

다음 날 그는 아내와 처남의 만류를 뿌리치고 페테르부르크로 출발했다.

목적은 오직 하나, 1년에 5,000루블을 받는 자리를 얻는 것이었다. 어떤 부서인지, 어떤 특징이 있고 무슨 업무를 맡는지는 더 이상 중요하지 않았다. 그가 원하는 것은 오로지 연봉 5,000루블을 주는 자리로 가는 것뿐이었다. 연봉 5,000루블만 준다면, 자신을 인정해 주지 않는 부서를 떠날 수만 있다면, 관청이든 은행이든 철도청이든 마리아 여제의 자선단체든 세관이든 무슨 상관이랴.

이 여행에서 이반 일리치는 예상치 못한 놀라운 성과를 거두었다. 쿠르스크역에서 그가 탄 일등석 칸에 지인 F. S. 일린이 탔다. 그는 이반 일리치 옆에 앉더니 쿠르스크 현 지사가 방금 받은 전보에 관해 말해 주었다. 부서에 큰 변화가 있을 예정인데, 표트르 이바노비치의 자리가 이반 세묘노비치로 내정되었다는 내용이었다.

이 예정된 변화는 러시아는 물론이고 이반 일리치에게도 매우 중요한 의미가 있었다. 표트르 페트로비치가 새롭게 임명되면 당연히 자하르 이바노비치도 임명될 텐데, 그렇게 된다면 이반 일리치에게 매우 유리할 터였다. 자하르 이바노비치는 그의 친구이자 동료였기 때문이다.

모스크바에서 이 소식이 사실로 확인되었고, 이반 일리치는 페테르부르크에 도착해 자하르 이바노비치를 찾아가 예전에 일하던 법무부에 꼭 자리를 마련해 주겠다는 확답을 받았다.

일주일 후에 그는 아내에게 전보를 보냈다.

자하르가 밀레르 자리에 임명되는 즉시 나도 임명될 것.

이 인사이동 덕분에 이반 일리치는 뜻밖에도 예전 부서로 발령받았다. 그것도 이전 동료들보다 두 직급이나 높은 자리였다. 연봉이 5,000루블인 것은 물론이고, 이사 비용으로 3,500루블까지 제공되었다. 자신을 알아주지 않는 상사들과 이전 부서 자체에 대한 나쁜 감정은 눈 녹듯 사라지고 더할 나위 없이 행복해졌다.

이반 일리치는 오랜만에 느끼는 즐겁고 만족스러운 기분으로 시골로 돌아갔다. 프라스코비야 표도로브나도 기뻐했고 두 사람 사이에 휴전이 이루어졌다. 이반 일리치는 페테르부르크에서 모두에게 환영받았다. 이제는 도리어 상사들의 체면이 깎이고 그에게 알랑거리게 되었으며 페테르부르크의 모두가 자신을 좋아한다고 이야기했다.

프라스코비야 표도로브나는 이반 일리치의 말에 열심히 귀기울였고 전부 믿는 듯했다. 그녀는 아무런 반박도 하지 않았고, 새로운 도시에서 시작될 새로운 생활을 계획하느라 바빴다. 이번에는 아내의 계획이 그의 의견과도 모두 일치해서 이반 일리치는 무척 기뻤다. 잠시 휘청거리기는 했지만, 원래의 가볍고 유쾌하고 품위 있는 삶으로 돌아가고 있었다.

이반 일리치는 9월부터 새로운 업무를 시작해야 해서 곧바로 돌아가야만 했다. 게다가 새로운 집을 구하고 지방에 있는 짐도 옮겨야 하는 데다 새로 사거나 주문할 물건도 많은 터였다. 한마디로 그와 프라스코비야 표도로브나가 정확히 합의하고 결정한 계획을 실행에 옮길 필요가 있었다.

모든 상황이 운 좋게 흘러간 데다 서로 의견도 잘 맞고 무엇보다 떨어져 지낸 시간이 길어서인지 부부 사이가 신혼 때보다도 좋아졌다. 이반 일리치는 곧바로 가족을 데리고 떠날 생각이었지만 처남 부부가 갑자기 그와 가족에게 특별히 상냥하게 대해 주는 바람에 일단 혼자 떠나게 되었다.

그렇게 이반 일리치는 새로운 근무지로 혼자 떠났다. 일도 잘 풀리고 아내와도 사이가 좋아져서 내내 즐거운 기분이 떠나지 않았다. 마음에 드는 집도 찾았다. 그와 아내가 둘 다 꿈꿔 온 그런 집이었다. 고풍스러운 분위기의 널찍하고 천장이 높은 응접실, 편리하면서도 품위 있는 서재, 아내와 딸을 위한 방, 아들을 위한 공부방 등 그의 가족을 위해 지어진 집 같았다. 이반 일리치가 직접 나서서 집을 꾸미는 일을 지휘했다. 벽지를 고르고 가구를 들이고(그의 눈에 특별히 우아해 보이는 골동품으로 골랐다), 의자에 천을 씌우는 일에도 관여했다. 작업이 진행될수록 새집은 그의 마음에 정해진 이상에 가까워졌다. 아직 절반밖에 완성되지 않았을 때조차 기대를 뛰어넘었다. 이반 일리치는 준비가 전부 끝난, 천박함과는 거리가 먼 세련되고 우아한 집의 모습이 벌써부터 눈앞에 보이는 듯했다. 그는 완성된 응접실의 모습을 상상하면서 잠이 들었다. 아직 단장이 덜 끝난 거실을 보고 있으면 모든 것이 제자리를 찾은 모습이 보였다. 벽난로와 칸막이 같은 것들, 여기저기 놓인 작은 의자들, 벽에 장식된 접시들, 청동 장식품 등. 이 문제에서만큼은 자신과 취향이 같은 아내와 딸이 완성된 집을 보고 얼마나 감탄할지 생각만으로도 즐거웠다. 분명 그들은 크게 기대하지는 않고 있을 터였다. 집 안 전체에 특별히 귀족적인 분위기를 더해 줄 골동품을 찾아 싸게 구입하는 일이 매우 잘 되고 있었다. 하지만 그는 가족들을 놀라게 해 주려고 편지에서는 일부러 실제보다 나쁘게 이야기했다. 이반 일리치는 여전히 일이 좋았지만, 집 꾸미는 일에 푹 빠져서 새로 맡은 업무에는 생각보다 별로 흥미가 느껴지지 않았다. 재판 도중에 처마 돌림띠를 직선으로 할지 곡선으로 할지 생각하며 한눈을 팔기도 했다. 온 관심이 집 단장으로 향한 만큼 무엇이든 직접 관여할 때가 많았다. 가구를 다시 배치하고 커튼을 다시 달았다. 한번은 장식용 벽걸이 천을 어떻게 늘어뜨려야 하는지 일꾼에게 보여 주려고 발판 사다리에 올라갔다가 발을 헛디뎌 미끄러졌다. 다행히 평소 튼튼하고 민첩한 그라서 떨어지지는 않고 창틀 손잡이에 옆구리를 부딪치기만 했다. 부딪힌 곳에 멍이 들고 아팠지만 이내 통증은 사라졌고 평소보다도 더 건강하고 기운이 넘쳤다. 가족에게 보낸 편지에서 "15년은 젊어진 기분이다." 라고 적었을 정도였다. 9월이면 마무리되리라고 생각했지만 집을 단장하는 일은 10월 중반까지 계속되었다. 대신 그뿐만 아니라 보는 사람 모두의 시선을 사로잡는 멋진 결과물이 나왔다.

하지만 실제로 그의 집은, 부자처럼 보이고 싶은 평범한 사람들이 역시나 자기들과 비슷한 처지이지만 부자처럼 보이고 싶어 하는 이들을 흉내 내서 꾸민 집에 불과했다. 다마스크 직물, 짙은 색의 목재, 식물, 양탄자, 윤기 낸 칙칙한 청동 장식품 등 모두가 부자를 흉내 내는 특정 계층 사람들의 집에서나 볼 수 있는 물건들이었다. 이반 일리치의 집도 그런 집들과 같았지만, 그의 눈에는 특별하기만 했다. 이반 일리치는 더없이 행복한 기분으로 기차역에서 가족을 맞이하여 새롭게 단장한 집으로 데려왔다. 하얀 넥타이를 맨 하인이 문을 열자 화분으로 장식된 현관이 나왔다. 거실과 서재를 차례로 구경하는 가족들의 입에서 기쁨의 탄성이 흘러나왔다. 이반 일리치는 끊이지 않는 칭찬 속에서 환하게 웃는 얼굴로 집 안 곳곳을 안내했다. 저녁에 차를 마시며 이야기를 나눌 때 프라스코비야 표도로브나가 사다리에서 떨어진 일에 관해 물었다. 이반 일리치는 소리 내어 웃으면서 자신이 어떻게 넘어졌는지 시범을 보여 주었다. 일꾼이 깜짝 놀라더라는 이야기도 했다.

"내가 운동신경이 좋았기 망정이지, 다른 사람 같았으면 그대로 황천길로 갔을걸. 나나 되니까 그냥 부딪히는 걸로 끝난 거지. 여기 봐 봐. 아직 만지면 아프지만 거의 다 나았어. 멍만 좀 든 거야."

그렇게 새집에서의 생활이 시작되었다. 사람 마음이 참 간사한 것이, 새집에 완전히 적응하고 나니 방이 하나만 더 있었으면 좋겠다는 생각이 들었고, 예전보다 봉급이 늘었는 데도 아주 조금만(500루블 정도) 더 받았으면 좋겠다는 생각이 드는 것이었다. 하지만 전체적으로 만족스러웠다. 특히 집 안 정리가 덜 끝나서 아직 할 일이 남은 초반에는 더할 나위 없이 좋았다. 사거나 주문하거나 자리를 옮기거나 변화를 주거나 할 것이 남아 있던 때

말이다. 이반 일리치와 아내는 서로 의견이 맞지 않을 때도 있었지만, 둘 다 새로운 생활이 만족스러웠고 할 일도 많았기 때문에 큰 싸움으로 번지지 않고 넘어갔다. 그러나 할 일이 없어지자 따분함이 느껴지기 시작했다. 뭔가 부족한 것만 같았다. 하지만 새로운 사람들을 사귀고 취미도 만들면서 삶에 대한 충만감은 점점 더 커졌다.

이반 일리치는 오전에는 법원에서 일하고 집에 와서 점심을 먹었다. 처음에는 대체로 기분이 좋았지만, 가끔 집 문제로 짜증이 날 때도 있었다. (식탁보나 커튼에 작은 얼룩이 생기거나 블라인드 줄이 고장나면 짜증이 났다. 워낙 고생해 가면서 꾸민 집이라 조금이라도 신경을 거스르는 일이 생기면 스트레스를 받았다.) 하지만 전반적으로 그의 삶은 그의 신조대로 가볍고 유쾌하고 품위 있게 흘러갔다. 그는 아침 9시에 일어나 커피를 마시고 신문을 읽은 뒤 제복으로 갈아입고 법원으로 출근했다. 청원인, 심리, 재판, 서류 등 처리해야 할 업무가 산더미처럼 쌓여 있어서 출근하자마자 일을 시작했다. 업무를 처리할 때는 새롭거나 활력 넘치는 일은 정신을 흩트려 놓을 수 있어서 전부 제쳐 둘 필요가 있었다. 그런 일들은 공무 집행에 방해가 되기 마련이었다. 사람들과의 관계도 공적인 이유를 토대로 공적인 관계만 맺어야 했다. 예를 들어 한 남자가 찾아와서 뭔가를 알려 달라고 할 때 이반 일리치는 자신과 아무런 연관이 없는 사람이라면 상대하지 않았다. 하지만 법원의 도장이 찍힌 서류로 논할 수 있는 공무와 관련한 일로 찾아온 것일 때에는 자신이 할 수 있는 일이라면 뭐든지 다 해 주었다. 그런 사람들과는 품격 있는 삶에 걸맞도록 친근한 관계를 유지했다. 하지만 공적인 관계가 끝나는 순간 모든 것이 끝났다. 이렇게 이반 일리치는 공과 사가 뒤섞이지 않도록 철저하게 분리하는 뛰어난 능력이 있었다. 오랜 경험과 타고난 재능이 더해져 가끔은 사적인 관계와 공적인 관계를 뒤섞는 거장의 기교를 보이기까지 했다. 원한다면 언제든지 사적인 관계를 버리고 철저하게 공적인 관계로 돌아갈 수 있는 능력이 본인에게 있다는 믿음에서 그럴 수 있는 것이었다. 이반 일리치는 그것을 간단하고 유쾌하고 정확하고 심지어 예술적으로 해냈다. 휴식 시간에는 담배를 피우고 차를 마시고 잡담을 나누었다. 정치나 일상, 카드놀이에 대한 이야기가 오가기도 했지만, 인사이동에 관한 대화가 대부분이었다. 피곤하기는 해도 오케스트라 제1 바이올리니스트의 역할을 완벽하게 해낸 기분을 느끼며 집으로 돌아왔다. 퇴근해 보면 아내와 딸은 누군가의 집을 방문하러 가고 없거나 손님과 이야기를 나누는 중이었고, 고등학교에 다니는 아들은 아직 학교에서 돌아오지 않았거나 과외 교사와 숙제를 하거나 학교에서 배운 것을 복습하고 있었다. 모든 것이 순조로웠다. 점심을 먹고 난 후에는 손님이 없으면 한창 사람들 입에 오르내리는 책을 읽기도 했고, 저녁에는 일에 몰두했다. 서류를 읽거나 진술서를 대조하거나 사건에 적용할 법 조항을 찾아보았다. 저녁에 일하는 것은 따분하지도, 그렇다고 즐겁지도 않았다. 카드놀이 모임이 열리는 데도 집에서 일해야 할 때는 따분했지만 그렇지 않을 때도 아무것도 하지 않거나 아내와 있는 것보다는 훨씬 나았다. 이반 일리치의 가장 큰 즐거움은 사교계에서 가장 잘나가는 남녀를 초대해 조촐한 만찬을 여는 것이었다. 그의 응접실이 그가 어울리는 사람들의 응접실과 비슷한 모습인 것처럼 그가 여는 파티도 그들이 여는 파티와 똑같았다.

언젠가 이반 일리치는 댄스파티를 열었다. 그날 이반 일리치는 무척 즐거웠고 파티도 순조롭게 진행되었다. 하지만 케이크와 디저트 때문에 아내와 심하게 다투었다. 프라스코비야 표도로브나가 계획을 세워 두었는데, 이반 일리치는 비싼 제과점에서 주문해야 한다고 고집을 부리더니 케이크를 너무 많이 주문해 버린 것이다. 결국 케이크가 남아 버렸고 돈은 45루블이나 나와서 싸움이 벌어졌다. 엄청나게 심한 싸움이었다. 프라스코비야 표도로브나는 남편에게 '바보천치'라고까지 했다. 분노로 머리를 감싼 이반 일리치에게 떠오르는 것은 이혼이라는 두 글자뿐이었다. 그래도 댄스파티는 즐거웠다. 최고로 잘나가는 사람들만 참석했다. 이반 일리치는 '내 짐을 져 주세요'라는 단체를 설립한 사람의 여동생인 트루포노바 공녀와 춤을 추었다. 그가 일에서 느끼는 기쁨은 야망과 관련된 기쁨이었고, 사교 생활에서 느끼는 기쁨은 허영심과 관련된 기쁨이었다. 하지만 이반 일리치에게 가장 큰 기쁨을 주는 것은 카드놀이였다. 실력 좋고 점잖은 이들과 둘러앉아서 카드놀이를 즐길 때면 아무리 기분 나쁜 일이 있어도 삶이 환한 빛으로 드리워지는 듯했다. 네 명이 둘러앉아(모인 사람이 총 다섯 명이면 한 명은 판에서 빠져야 할 때가 있는데, 괜찮은 척했지만 짜증이 났다.) 패에 따라 머리를 써 가면서 진지하게 게임을 한 후 식사를 하고 와인을 마셨다. 이반 일리치는 카드놀이를 한 날에는, 특히 돈을 조금 땄을 때는(많이 따면 오히려 마음이 불편했다.) 아주 즐거운 기분으로 잠자리에 들 수 있었다.

이반 일리치 가족은 그렇게 살아갔다. 그들은 상류층 사람들과 어울렸고, 중요한 사람들과 젊은이들이 집에 드나들었다.

남편과 아내와 딸은 사람을 사귀는 기준만큼은 완벽하게 일치했다. 말로 하지는 않았지만, 세 사람 모두 벽에 일본 접시가 장식된 거실로 몰려와 친한 척하는 행색 초라한 친구와 친척 들은 멀리하고 따돌렸다. 별 볼 일 없는 이들은 이내 떨어져 나가고 골로빈 가족의 주변에는 잘나가는 사람들만 남았다. 젊은이들은 리자에게 잘 보이려고 애썼다. 드미트리 이바노비치 페트리셰프의 아들이자 유일한 상속자이며 예심판사인 페트리셰프도 큰 관심을 보이기 시작했다. 이반 일리치는 두 사람을 위해 파티를 준비할지, 연극회를 열지 벌써 아내와 의논을 마쳤다. 그들은 그렇게 살아갔다. 아무런 변화 없이 모든 것이 순조롭고 만족스럽게 흘러갔다.

4

이반 일리치의 가족은 모두 건강했다. 이반 일리치는 가끔 입 안에서 이상한 맛이 느껴지고 왼쪽 옆구리가 불편했지만 그렇다 고 어디가 아프다고 할 수는 없었다.

그런데 옆구리의 불편한 느낌이 점점 심해졌다. 통증이라고 할 수는 없지만 뭔가 옆구리를 누르는 느낌이 생겼고 기분도 언 짢아졌다. 그의 짜증이 점점 심해지면서 골로빈 집안에 안정적 으로 자리 잡았던 가볍고 유쾌하고 품위 있는 삶에도 금이 가기 시작했다. 부부가 말다툼을 벌이는 횟수가 늘어났고 가볍고 유 쾌한 분위기는 온데간데없이 사라졌으며 품위는 간신히 유지되 었다. 집안이 시끄러워질 때가 많았다. 남편과 아내가 폭발하지 않고 만날 수 있는 작은 섬이 점점 사라졌다.

이제는 프라스코비야 표도로브나가 남편의 고약한 성격 때문 에 괴롭다고 해도 이반 일리치는 할 말이 없을 정도였다. 평소 과 장이 심한 그녀는, 남편이 원래부터 성질이 고약했고 성격 좋은 자신이 20년이나 참고 산 거라고 말했다. 이제 이반 일리치 때문에 싸움이 시작되는 것은 사실이었다. 그는 꼭 저녁 식사 직전에 분통을 터뜨렸다. 보통은 수프를 뜨기 시작하면서 그랬다. 그릇의 이가 빠져서, 음식 맛이 없어서, 아들이 식탁에 팔꿈치를 올려서, 딸의 머리 모양이 마음에 들지 않아서 등 이유도 다양했는데, 모든 것을 아내의 탓으로 돌렸다. 처음에는 그녀도 쏘아붙이며 응수했다. 하지만 남편이 식사를 시작하기 전에 그렇게 폭발하는 모습이 한두 번 계속되자, 그녀는 남편의 행동이 음식을 먹을 때 나타나는 신체적 이상이라는 걸 깨닫고 화를 꾹 참기로 했다. 식사 시간이 서둘러 끝나도록 아예 아무런 대꾸도 하지 않았다. 프라스코비야 표도로브나는 자신의 인내심이 칭송받을 만하다고 생각했다. 남편의 고약한 성격 때문에 자기 삶이 불행해졌다는 결론에 이르자 스스로가 가여워졌다. 자신에 대한 연민이 커질수록 남편에 대한 미움은 커져만 갔다. 남편이 죽었으면 좋겠다는 생각을 한 적도 있었지만 정말로 남편이 죽길 바란 것은 아니었다. 남편이 죽으면 남편의 봉급도 사라지니까. 그래서 남편에 대한 짜증이 더 커졌다. 남편이 죽어도 자신은 구원받을 수 없다니 끔찍할 만큼 불행하게 느껴졌다. 그녀는 화를 감추었지만, 화를 감추는 그 모습이 오히려 이반 일리치의 짜증을 돋울 뿐이었다.

어느 날 아내와의 싸움에서 이반 일리치는 평소보다 더 억지스럽게 분통을 터뜨렸다. 나중에 그는 몸 상태가 좋지 않아서 짜증을 낸 거라고 아내에게 설명했다. 아내는 아프면 치료를 받아야 한다면서 유명한 의사에게 가 보라고 했다.

이반 일리치는 의사를 찾아갔다. 언제나 그렇듯 진료 과정은 그가 예상한 것과 조금도 다르지 않았다. 차례를 기다리다가, 그에게는 너무도 익숙한 권위 가득한 분위기(그가 법정에서 풍기는 분위기와 비슷했다.)를 풍기는 의사를 만났다. 의사가 그의 몸에 청진기를 대고 소리를 듣더니, 마치 '나에게 맡기면 다 알아서 해 줍니다. 난 뭘 어떻게 해야 하는지 정확하게 알고 있어요. 환자가 누구든 마찬가지지요'라고 말하는 듯한 진지한 표정으로 이미 결론이 정해져 있어서 굳이 할 필요도 없는 질문을 던졌다. 모든 게 법정에서와 똑같았다. 의사가 이반 일리치를 대하는 태도는 그가 법정에서 피고를 대할 때의 그것과 똑같았다.

의사의 입에서 나온 말은 이러했다. 이런저런 증상으로 보건대 환자의 몸속에 이런저런 것이 있고, 만약 이런저런 검사로 확인되지 않으면 이런저런 병이라고 의심해 볼 수 있으며, 만약 이런저런 병이라고 생각될 경우…. 하지만 이반 일리치에게 중요한 질문은 하나뿐이었다. 내 상태가 심각한가, 아닌가? 하지만 의사는 부적절한 질문이라도 되는 듯 무시해 버렸다. 의사가 보기에는 고려할 필요가 없는 질문이었다. 그에게 중요한 문제는 유주신*과 만성 염증, 맹장염 중에 무슨 병인지 결정하는 것뿐이었다. 이반 일리치가 보기에 의사는 그 문제를 훌륭하게 해결하

* '콩팥 처짐증'의 전 용어.

47

는 것 같지도 않았다. 아무래도 맹장염인 것 같지만 만약 소변 검사에서 새로운 문제가 나타나면 다시 생각해 봐야 한다고 했으니까 말이다. 이 모든 것은 이반 일리치가 재판에서 수천 번도 더 멋들어지게 해낸 일과 다르지 않았다. 의사는 신나 보이기까지 하는 의기양양한 표정을 지으며, 안경 너머로 이반 일리치를 보면서 설명해 주었다. 그 모습은 판사 이반 일리치가 피고에게 사건의 요지를 설명해 줄 때의 모습과 다르지 않아 보였다. 의사의 설명을 들으면서 이반 일리치는 자신의 상태가 좋지 않다고 결론 내렸다. 하지만 그 자신에게만 안된 일일 뿐, 의사는 물론이고 세상 그 누구에게도 상관없는 일이었다. 이 결론은 무척 고통스러웠다. 자신에 대한 연민이 강하게 느껴졌고, 이토록 중대한 문제에 저렇게 무심한 의사가 원망스러웠다.

하지만 이반 일리치는 그런 생각을 한마디도 입 밖으로 내지 않고 그냥 일어섰다. 그는 테이블에 진료비를 올려놓고 한숨을 내쉬며 말했다.

"나처럼 터무니없는 질문을 하는 환자가 많겠지요. 그래도 답해 주세요. 제 병이 일반적으로 위험한가요, 아닌가요?"

의사는 안경 너머 한쪽 눈으로 이반 일리치를 바라보았다. '피고가 질문을 계속하면 법정 밖으로 끌어낼 수밖에 없습니다'라고 말하는 듯한 엄격한 표정이었다.

"제가 보기에 필요하고 적절한 것들은 다 이야기해 드렸습니다. 더 자세한 건 검사 결과가 나오면 알 수 있겠죠."

의사는 이렇게 말하고 고개를 숙였다.

이반 일리치는 참담한 심정으로 천천히 밖으로 나가 마차를 타고 집으로 향했다. 돌아오는 내내 의사가 한 말을 되짚으면서 복잡하고 모호한 전문용어를 쉬운 말로 바꿔서 질문의 답을 찾으려고 했다. '내 상태가 나쁜가? 심각하게 나쁜가? 아직 그렇게 심각한 정도는 아닌가?' 결국 의사가 한 말은 상태가 무척 나쁘다는 뜻인 것 같았다. 거리의 모든 풍경이 우울해 보였다. 마부들도, 집들도, 지나가는 사람들도, 상점들도 전부 칙칙했다. 한순간도 멈추지 않고 괴롭히는 이 뭉근한 통증이 의사의 모호한 설명을 들은 후 예전보다 더 심각한 의미를 띠게 되었다. 이제는 병을 생각하면 심한 중압감이 들었다.

집으로 돌아온 그는 아내에게 소식을 전했다. 아내가 이야기를 듣고 있는 와중에 모자를 쓴 딸이 방으로 들어왔다. 제 엄마와 외출할 준비를 끝낸 것이었다. 딸은 마지못해 자리에 앉아서 지루한 이야기를 들었지만 오래 견디지 못했다. 아내도 남편의 말을 끝까지 듣지 않았다.

"어쨌든 잘됐어요. 제시간에 약 챙겨 먹는 거 잊지 말고요. 처방전 이리 줘요. 게라심을 약국에 보낼게요."

아내는 이렇게 말하고 외출 준비를 하러 갔다. 아내와 한 공간에 있는 동안 숨도 제대로 쉬지 못했던 이반 일리치는 아내가 나가자 길게 한숨을 내쉬었다.

그는 생각했다. '그래, 별것 아닐 수도 있어.'

그는 약을 복용하면서 의사의 지시 사항을 따르기 시작했다. 지시 사항은 소변검사 결과가 나온 후에 바뀌었다. 그런데 소변 검사 결과와 그가 보이는 증상이 일치하지 않았다. 그의 증상은 의사가 말한 것과 달랐다. 의사가 뭔가를 까먹었거나 실수했거나 뭔가를 숨겼다는 뜻이었다. 하지만 그렇다고 의사를 원망할 수도 없었다.

이반 일리치는 의사의 지시를 전적으로 따랐고, 처음에는 그러면서 마음이 약간 편해지기도 했다.

진료를 받고 온 뒤로 이반 일리치는 위생과 약 복용에 관한 의사의 지시를 정확하게 따르면서 통증과 대변을 관찰하는 일에 몰두했다. 다른 사람들의 병과 건강이 그의 가장 큰 관심사가 되었다. 사람들이 병과 죽음에 관해 이야기할 때마다, 특히 그와 비슷한 증상을 보이다가 회복된 이야기가 나오면 이반 일리치는 초조함을 감추고 귀 기울여 들으면서 이것저것을 물었다. 그렇게 알게 된 내용을 따라 해 보기도 했다.

통증은 전혀 줄어들지 않았지만, 이반 일리치는 자신이 나아지고 있다고 믿으려고 애썼다. 초조하거나 불안한 마음이 들지 않을 때는 얼마든지 그렇게 믿을 수 있었다. 하지만 아내와의 사이에서 불쾌한 일이 생기거나 직장에서 실수하거나 카드놀이에서 나쁜 패를 얻거나 할 때면 곧바로 자신의 병을 의식하게 되었다. 예전에는 이렇게 좋지 않은 상황에 놓여도 이내 문제를 바로잡거나 부족한 부분을 채워서 성공하거나 카드놀이에서 한 판을 전부 이길 수 있을 거라는 희망으로 견딜 수 있었다. 하지만 이제는 조금만 나쁜 일이 생겨도 기분이 상했고 절망에 빠졌다. 그런 순간마다 이렇게 생각하게 되는 것이었다. '상태가 좋아지고 약효도 나타나기 시작했는데, 이렇게 재수 없고 불쾌한 일이 생기다니⋯.' 그는 불행에 화가 났다. 자신을 불행하게 만들고 죽음으로 몰고 가는 사람들에게도 화가 났다. 분노가 자신을 죽이고 있다는 것을 알면서도 누그러뜨릴 수가 없었다. 지금의 상황과 사람을 향한 분노가 병을 악화시키므로, 불쾌한 상황은 무시해 버려야 한다는 것을 모를 리 없었다. 하지만 그는 오히려 정반대의 방향으로 나아가고 있었다. 마음의 안정이 중요하다고는 생각했지만, 안정을 깨뜨리는 일이 뭐 하나라도 생기지 않을까 싶어 신경을 바짝 곤두세우는 바람에 조금이라도 안정이 깨지는 순간 분노하게 되었다. 의학 도서를 읽고 의사들을 찾아다닌 것이 그의 상태를 더 악화시켰다. 사실 병이 아주 느린 속도로 진행되었기 때문에 어제와 오늘의 차이가 별로 없어서 자신을 속이는 게 가능했다. 하지만 의사를 만나 이야기를 나눠 보면 상태가 아주 빠르게 나빠지고 있다는 느낌이 들었다. 그런데도 그는 계속 의사를 찾아다녔다.

이번 달에도 이반 일리치는 또 다른 유명 의사를 찾아갔다. 그 의사는 첫 번째 의사와 거의 같은 말을 했지만, 질문하는 방식이 사뭇 달랐다. 결국 이 유명 의사와의 상담으로 이반 일리치의 의심과 두려움은 더욱 커졌을 뿐이다. 친구의 친구이기도 한 또 다른 훌륭한 의사는 이반 일리치의 병에 대해 다른 의사들과 완전히 다른 진단을 내렸다. 나을 거라고는 했지만, 그의 질문과 추측은 이반 일리치의 혼란과 의심을 더 커지게 할 뿐이었다. 동종요법 의사도 그의 병을 다르게 진단했고, 약을 처방해 주었다. 이반 일리치는 몰래 그 약을 일주일 동안 복용했다. 하지만 일주일이 지나도 나아지는 느낌이 전혀 없자, 지난번 의사의 치료와 이번 의사의 치료에 대한 믿음이 전부 사라져서 더 큰 실의에 빠지고 말았다. 어느 날 이반 일리치는 아는 부인이 하는 말을 들었다. 성상이 기적처럼 병을 낫게 했다는 것이었다. 그는 자신도 모르게 그 이야기에 귀 기울이며 정말이라고 믿는 자기 모습에 깜짝 놀랐다. 경각심이 들었다. '내 정신 상태가 이 정도로 약해졌단 말인가? 말도 안 돼! 다 헛소리야. 두려움에 사로잡히지 말고 의사를 한 명 정해서 그 의사의 처방을 철저히 따르는 거야. 그래, 그렇게 하자. 결정했어. 다른 생각은 하지 말고 일단 여름까지만 처방을 철저하게 지키면서 두고 보는 거야. 그러면 앞으로 흔들릴 일은 절대 없을 거야!' 하지만 막상 그대로 실천하려고 하니 말처럼 쉽지 않았다. 옆구리 통증이 점점 심해졌으며 한시도 멈추지 않고 그를 억눌렀다. 입안에서는 점점 더 이상한 맛이 났다. 자신에게서 굉장히 역겨운 입냄새가 나는 것 같았다. 식욕도 떨어지고 기력도 없어지는 게 느껴졌다. 이제 더는 자신을 속일 수가 없었다. 지금까지 한 번도 겪어 보지 못한 무언가 대단히 끔찍하고 심각한 일이 그의 몸속에서 일어나고 있었고, 그 사실을 아는 사람은 오직 그 자신뿐이었다. 주위 사람들은 알지 못했고 알고 싶어 하지도 않을 터였다. 그들에겐 세상이 평소와 똑같이 흘러갈 뿐이다. 이반 일리치를 그 무엇보다 괴롭게 하는 건 바로 그 사실이었다. 그의 가족, 특히 놀러 다니느라 바쁜 아내와 딸은 이반 일리치의 상태를 전혀 알지 못했고, 오히려 그가 우울해하고 까다롭게 구는 게 그의 잘못인 것처럼 귀찮아할 뿐이었다. 그들이 티 내지 않으려고는 했지만, 이반 일리치는 자신이 그들의 앞길을 막는 존재에 불과하다는 것을 알아차렸다. 그가 무슨 말을 하고 무슨 행동을 하든 남편의 병에 관한 아내의 태도는 한결같았다. 그녀는 이런 태도로 친구들에게 말했다.

"남편은 의사의 처방조차 제대로 따르질 못해요. 남들은 다 잘하는데 말이에요. 어쩌다 하루는 약도 잘 챙겨 먹고 식사도 제대로 하고 일찍 잠자리에 들어요. 하지만 다음 날은 제가 챙겨주지 않으면 약 먹는 것도 까먹고, 먹지 말라는 철갑상어 고기까지 먹는다니까요. 그러고는 새벽 한 시까지 카드놀이를 한답니다."

"아니, 내가 언제 그랬어? 표트르 이바노비치 집에서 딱 한 번 그런 걸 가지고."

이반 일리치가 화를 내며 따졌다.

"어제 셰베크 씨 집에서도 그랬잖아요."

"카드놀이가 아니더라도 어차피 통증 때문에 잘 수도 없었다고…"

"어쨌든 그런 식으로 했다간 절대로 낫지 않을 거예요. 우리만 고생이지 뭐."

프라스코비야 표도로브나는 이반 일리치의 병에 대해 그에게나 다른 사람들에게 이런 태도를 보였다. 그가 병에 걸린 것은 순전히 그의 잘못이며, 성가신 일이 하나 더 늘어났다고. 이반 일리치는 아내가 자기도 모르게 입 밖으로 내뱉은 말이라고 생각했지만 그렇다고 마음이 편해지는 것은 아니었다.

법원에서도 이반 일리치는 자신을 대하는 사람들의 태도가 이상하다는 것을 알아차렸다. 사실인지는 몰라도 그런 것 같았다. 사람들이 그의 자리가 머지않아 공석이 될 것처럼 호기심 가득한 얼굴로 쳐다보는가 하면, 갑자기 친구들은 울적해하는 그에게 친근하게 농담을 던졌다. 그의 몸속에서 일어나는 일이 정확히 뭔지도 모르면서, 끊임없는 고통을 주고 거칠게 끌어당기는 이 끔찍하고 무시무시한 일이 가벼운 농담거리라도 된다는 듯 말이다. 특히 이반 일리치는 장난스럽고 생기 넘치고 유쾌한 시바르츠를 볼 때면 10년 전 자신의 모습이 떠올라서 짜증이 났다.

어느 날 친구들이 그의 집에 모였고 카드놀이를 하게 되었다. 그들은 뻣뻣한 새 카드를 구부려서 부드럽게 편 다음에 패를 돌렸다. 이반 일리치가 받은 카드에서 다이아몬드만 모아 보니 일곱 장이 있었다. 같은 편이 된 친구가 '으뜸패'를 정하지 않고 하겠다며 다이아몬드 두 장을 이반 일리치에게 주었다. 더할 나위 없이 좋은 상황이었다. 즐겁고 활력이 넘쳐야 마땅했다. 그랜드 슬램*을 앞두고 있었으니까 말이다. 그런데 순간 이반 일리치는 그를 괴롭히는 통증과 입안의 이상한 맛을 느꼈다. 그런 상황인데, 고작 카드놀이에서 이기게 되었다고 기뻐한다는 것이 터무니없게만 느껴졌다.

이반 일리치는 같은 편인 미하일 미하일로비치를 바라보았다. 그는 좋은 패로 테이블을 톡톡 두드리고는 모두의 카드를 낚아채듯 가져오는 게 아니라 점잖고 너그럽게 이반 일리치 쪽으로 밀어 주었다. 이반 일리치가 한 팔을 멀리 뻗을 필요도 없이 모든 카드를 모을 수 있도록 해 주기 위해서였다. 순간 이반 일리치는 '설마 내가 팔도 뻗지 못할 만큼 약하다고 생각하는 건가?'라는 생각이 들었다. 결국 그는 지금까지의 진행 상황 따위는 전부 잊어버리고 파트너보다 끗수가 높은 패를 내는 바람에 열세 장 중에 세 장을 따지 못해서 압승이 실패로 돌아가고 말았다. 가장 끔찍했던 건 미하일 미하일로비치의 속상해하는 모습을 보고도 아무런 느낌이 들지 않았다는 것이었다. 아무렇지 않은 이유를 깨닫게 되자 더 끔찍했다.

친구들이 이반 일리치의 괴로워하는 표정을 보고 말했다.

"피곤하면 이제 그만하죠. 좀 쉬세요."

쉬라고? 아니, 그는 전혀 피곤하지 않았고 삼세판 승부를 전

---

* 브리지 게임에서 13장의 패를 전부 따 압승을 거두는 것.

부 마쳤다. 모두 표정이 어두웠고 아무런 말이 없었다. 자기가 울적한 분위기를 퍼뜨렸다는 것을 이반 일리치도 알았지만 되돌릴 방법이 없었다. 저녁 식사를 하고 다들 돌아간 뒤 혼자 남은 이반 일리치의 머릿속에는 온통 이 생각뿐이었다. 그의 삶에 스며든 독이 주변 사람들의 삶에까지 퍼져 나가고 있었다. 그 독은 약해지기는커녕 점점 더 강해져서 그를 완전히 뚫고 들어왔다.

잠자리에 들었지만 육체적 고통에 끔찍한 공포까지 더해져서 밤새 거의 잠을 이루지 못했다. 다음 날 아침 그는 일어나 옷을 입고 법원에 출근해 말도 하고 서류도 작성했다. 출근하지 않는 날에는 24시간 동안 집 안에만 있었는데 매 순간 고문받는 기분이었다. 이반 일리치는 그의 고통을 알아주거나 불쌍하게 여겨 주는 사람 하나 없이 심연의 끄트머리에서 혼자 살아갔다.

5

한 달이 지나고 또 한 달이 지났다. 새해가 눈앞으로 다가왔을 때 처남이 이반 일리치가 사는 도시를 방문해 그의 집에 묵게 되었다. 그날 이반 일리치는 법원에 있었고, 프라스코비야 표도로브나는 쇼핑을 하러 가고 집에 없었다. 퇴근한 이반 일리치가 서재로 들어가니 건장하고 혈색 좋은 처남이 짐을 풀고 있었다. 처남은 이반 일리치의 발소리에 고개를 들고 그를 쳐다보더니 한동안 아무 말이 없었다. 처남의 눈빛이 모든 것을 말해 주었다. 처남은 놀라서 탄식을 내뱉는 듯 입을 벌렸지만 이내 그만두었다. 이반 일리치는 그 행동으로 모든 것을 확인할 수 있었다.

"내가 좀 달라졌나?"

"네, 좀 변하셨네요."

이반 일리치는 처남에게 자신의 외모에 대해서 좀 더 이야기를 들어 보려고 했지만, 처남은 더 말하지 않았다. 그때 프라스코비야 표도로브나가 집에 왔고 처남은 제 누나에게 갔다. 이반 일리치는 문을 잠그고 거울 앞에 서서 자신의 모습을 보았다. 처음에는 앞모습을, 그다음에는 옆모습을 보았다. 아내와 함께 그려진 초상화를 가져와 거울에 비친 모습과 비교해 보았다. 그는 완전히 다른 사람이었다. 소매를 팔꿈치까지 올리고 팔을 살펴본 다음 소매를 내리고 소파에 앉았다. 그의 얼굴에 새까만 어둠이 드리워졌다.

"아니지, 아니야. 이러고 있을 때가 아니지!"

그는 이렇게 중얼거리더니 자리에서 벌떡 일어나 탁자로 갔다. 서류를 집어 들어 읽기 시작했다. 하지만 좀처럼 집중이 되지 않았다. 그는 문을 열고 응접실로 나갔다. 응접실로 이어진 문이 닫혀 있었다. 까치발로 다가가서 가만히 귀를 기울였다.

"그건 아니야. 과장하지 마!"

아내의 목소리였다.

"과장이라고? 누나 눈에는 안 보여? 매형은 산송장이야! 그 눈을 좀 봐. 생기라곤 하나도 없어. 대체 어디가 아픈 건데?"

"아무도 몰라. 니콜라예프가 뭐라고 했는데, 도통 무슨 소린지 모르겠어. 레셰티츠키는 정반대로 얘기했고…."

이반 일리치는 자기 방으로 돌아와 자리에 누워 생각에 잠겼다. '신장, 유주신이라.' 신장이 제자리에서 벗어나 떠돌아다니는 거라던 의사들의 말이 떠올랐다. 그는 상상력을 발휘해 신장을 잡아서 멈추고 고정해 보려고 애썼다. 별로 어려운 일도 아닌 것 같았다. '표트르 이바노비치에게 다시 가 봐야겠다.' 그는 종을 울려 마차를 준비하라고 이르고 외출 준비를 했다.

"장*, 어디 가요?"

아내가 물었다. 웬일로 무척이나 애처로우면서도 상냥하기 짝이 없는 얼굴이었다.

평소와 달라도 너무 다른 그 상냥한 얼굴을 보자 짜증이 솟구쳤다. 그는 침울한 표정으로 아내를 바라보았다.

"표트르 이바노비치를 만나야겠어."

이반 일리치는 표트르 이바노비치의 집으로 갔다. 그와 함께 그의 의사 친구를 찾아갔다. 이반 일리치는 의사와 오랫동안 이야기를 나누었다.

자신의 몸속에서 일어나고 있는 일에 관한 의사의 견해에 담긴 해부학적, 생리학적인 내용을 되짚어 보니 비로소 모든 걸 이해할 수 있었다.

그의 충수**에 작은 뭔가가 있다고 했다. 문제를 바로잡는 것이 가능할 수도 있다. 한 기관의 에너지를 자극하고 다른 기관의 기능을 억누르면 흡수 작용이 일어나 모든 게 정상으로 돌아올 수 있다. 이반 일리치는 조금 늦게 집에 도착해 저녁을 먹었다. 방으로 돌아가 일을 해야 하는데, 즐겁게 대화를 나누다 보니 시간이 꽤 지나갔다. 겨우 서재로 가 일하기 시작했지만 뭔가 아주 급하고도 중요한 일을 제쳐 두고 있는 것 같아서 업무

---

* 이반의 프랑스 이름.
** 맹장의 아래 끝에 붙어 있는 가느다란 관 모양의 돌기.

가 끝나는 대로 빨리 처리해야 한다는 생각뿐이었다. 업무를 끝내고 나서야 그 급한 사안이 충수에 대해 생각해 보는 거라는 사실이 떠올랐다. 하지만 그는 바로 그 일로 넘어가지 않고 응접실로 차를 마시러 갔다. 그곳에는 딸의 훌륭한 남편감인 예심 판사를 포함한 손님들이 있었다. 손님들은 대화도 나누고 피아노를 치면서 노래를 부르고 있었다. 프라스코비야 표도로브나의 말대로라면 그날 저녁 이반 일리치는 평소보다 즐거운 시간을 보냈다. 하지만 정작 그의 머릿속에는 중요한 충수 문제를 미루고 있다는 생각만으로 가득했다. 11시쯤에 이반 일리치는 그만 자러 가겠다면서 인사하고 자기 방으로 갔다. 그는 병에 걸린 뒤로 서재 옆의 작은 방에서 혼자 잤다. 옷을 벗고 에밀 졸라의 소설책을 집어 들었지만, 책은 읽지 않고 딴생각에 빠져들었다. 그의 상상 속에서 그가 그렇게 바라던 대로 맹장이 치료되었다. 흡수와 배출 과정을 거쳐서 정상적인 활동을 되찾았다. '그래, 바로 이거야. 자연의 섭리를 도와주기만 하면 되는 거야.' 약을 먹어야 한다는 생각이 떠올라 일어나서 약을 먹고 다시 자리에 누웠다. 등을 대고 누운 채로 약 효과가 나타나 통증이 줄어들기를 기다렸다. '약을 꼬박꼬박 잘 챙겨서 먹고 해로운 영향을 끼치는 것들은 전부 피하는 거야. 벌써 좋아진 기분이군. 훨씬 나아졌어.' 그는 옆구리를 만져 보았다. 만져도 아프지 않았다. '정말 통증이 느껴지지 않아. 벌써 많이 좋아졌어.' 그는 촛불을 끄고 옆으로 누웠다. '맹장이 좋아지고 있어. 흡수 작용이 일어나고 있는 거야.' 하지만 그때 갑자기 오래되어 너무도 익숙해진 통증이 찾아왔다. 물어뜯는 듯한 뭉근하면서도 끈질기고 심각한 통증이었다. 입안에서 역겨운 맛도 났다. 가슴이 철렁하고 정신이 멍해졌다. '맙소사, 세상에.' 그가 속으로 중얼거렸다. '또다, 또야! 영원히 멈추지 않을 거야.' 순간 문제의 완전히 다른 측면이 보였다. '맹장이라! 신장이라! 이건 맹장이나 신장의 문제가 아니야. 삶과⋯ 죽음의 문제야. 그래, 삶은 여기에 있었지만 이젠 떠나가고 있다. 난 그걸 막을 수 없어. 그래, 나 자신을 속여서 뭐 하겠어? 내가 죽어 가고 있다는 걸 나만 빼고 모두가 분명히 알고 있잖아. 문제는 몇 주, 아니, 며칠 남았느냐는 거지. 지금 당장일 수도 있어. 빛이 있던 곳에 지금은 어둠이 가득하구나. 난 여기 존재했지만 이제 다른 곳으로 가고 있어! 어디로 가는 걸까?' 순간 온몸에 소름이 돋고 숨이 막혔다. 심장이 쿵쾅거리는 소리만 느껴질 뿐이었다.

'내가 사라지면 뭐가 남을까? 아무것도 없겠지. 더 이상 존재하지 않게 되면 난 어디에 있게 되는 걸까? 이런 게 죽음인 걸까? 아니, 난 죽고 싶지 않아!' 그는 벌떡 일어났다. 촛불을 켜려고 떨리는 손으로 어둠 속을 더듬거리다가 초와 촛대를 바닥에 넘어뜨렸다. 그는 다시 베개 위에 벌렁 누웠다. '이게 다 무슨 소용이지? 달라지는 건 없어.' 그는 크게 뜬 두 눈으로 어둠을 응시했다. '죽음. 그래, 죽음. 저들은 아무도 모르고 누구 하나 알려고 하지도 않고 나를 가엾게 여기지도 않는구나. 노래까지 부르고 있군.' (문 너머로 노랫소리와 반주 소리가 희미하게 들려왔다.) '하지만 저들도 다르지 않아. 저들도 언젠간 죽어! 바보들 같으니! 내가 먼저 죽을 뿐이지 저들도 똑같아. 그런데도 저렇게 즐거워하는구나. 짐승들 같으니!' 그는 분노에 휩싸여 숨이 막힐 지경이었다. 견딜 수 없을 정도로 괴롭고 비참했다. '모든 인간이 이렇게 끔찍한 공포를 겪어야 할 운명이라니, 말도 안 돼!' 그는 몸을 일으켰다.

'분명 뭔가 잘못됐어. 차분하게 진정하고 처음부터 다시 생각해 보자.' 그는 처음부터 생각해 보기 시작했다. '그래, 병이 처음 시작된 건 옆구리를 부딪쳤을 때야. 하지만 당일엔 괜찮았고, 다음 날도 괜찮았어. 좀 아프긴 했는데 점점 심해졌지. 그래서 의사한테 갔고 절망감과 괴로움에 의사를 더 만나 봤고 그렇게 나락에 빠졌지. 힘이 빠져서 점점 더 나락에 가까워졌어. 이젠 쇠약해져서 눈에 생기라곤 하나도 없어졌지. 이건 맹장 문제가 아니라 죽음이다! 내가 맹장을 고칠 생각을 하는 동안 죽음이 다가와 있었어! 그런데 이게 정말 죽음일까?' 그는 또다시 공포에 사로잡혀 숨을 헐떡거렸다. 허리를 굽혀서 한쪽 팔꿈치를 침대 옆 탁자에 대고 성냥을 찾으려고 했다. 탁자가 걸리적거려서 성냥을 찾을 수 없었고 팔꿈치도 아팠다. 신경질이 난 그는 힘을 주어 탁자를 넘어뜨렸다. 숨을 헐떡이면서 절망을 가득 안고 뒤로 쓰러졌다. 곧바로 죽음이 찾아올 것 같았다.

그때 손님들이 돌아가고 있었다. 손님들을 배웅하던 프라스코비야 표도로브나가 뭔가 쓰러지는 소리를 듣고 방으로 들어왔다.

"무슨 일이에요?"

"아무것도 아니야. 실수로 넘어뜨렸어."

아내는 방에서 나가더니 초를 가지고 돌아왔다. 누워 있던 이반 일리치는 1,000미터를 달린 사람처럼 거칠게 숨을 헐떡이면서 아내를 빤히 올려다보았다.

"왜 그래요, 장?"

"아니야… 아무것도… 아니야. 저걸 넘어뜨렸어."

'얘기해 봤자 무슨 소용이야. 어차피 이해하지도 못할 텐데….'라고 그는 생각했다. 정말로 아내는 알지 못했다. 그녀는 촛대를 일으켜 초에 불을 붙이고는 서둘러 손님들을 배웅하러 나갔다. 아내가 돌아왔을 때 이반 일리치는 여전히 자리에 누워 천장만 바라보고 있었다.

"왜 그래요? 더 안 좋아졌어요?"

"그래."

아내가 고개를 흔들면서 옆에 앉았다.

"레셰티츠키 선생님을 불러서 진찰을 받는 게 좋겠어요."

비용을 상관하지 않고 유명한 전문의를 집으로 부르겠다는 뜻이었다. 이반 일리치는 차가운 미소를 지으며 "됐어."라고 대답했다. 아내는 좀 더 앉아 있다가 남편에게 다가가 이마에 입을 맞추었다.

이반 일리치는 마음속 깊은 곳에서 아내를 향한 증오심이 치
밀어 그녀를 밀쳐 내고 싶은 마음을 억누르느라 안간힘을 썼다.

"잘 자요. 당신이 편히 잘 수 있게 주님이 도와주시길."

"그래."

6

이반 일리치는 자신이 죽어 가고 있다는 것을 알고 끝없는 절
망에 빠졌다.

마음속 깊은 곳에서는 자신이 죽어 가고 있다는 걸 알면서도
도저히 받아들일 수가 없었다. 이해도 되지 않았고 이해하고 싶
지도 않았다.

그는 키제베터* 논리학에서 배운 '율리우스 카이사르는 인간
이다, 인간은 죽는다, 고로 카이사르도 죽는다'라는 삼단논법이
카이사르에게만 해당하는 사실이고 자신과는 상관없다고 생각
했다. 카이사르는 실체가 없는 인간이므로, 이 논법이 정확하게
들어맞았다. 하지만 그는 카이사르가 아니고 실체 없는 인간도
아니며 다른 사람들과 완전히 구분되는 별개의 존재였다. 어릴
때 그는 바냐였다. 엄마와 아빠, 미탸**와 볼로댜, 장난감, 마부와

---

* 요한 고트프리트 키제베터(Johann Gottfried Kiesewetter, 1766~1819). 독일의 철학자
로 철학과 논리학을 가르쳤다.
** 미탸와 볼로댜, 카텐카는 이반의 형제자매인 듯하다.

유모가 있고, 나중에는 카텐카도 생겼고, 어린 시절과 소년 시절과 청년 시절의 즐거움과 슬픔을 지닌 엄연히 실체가 있는 사람이었다. 카이사르는 어린 바냐가 몹시도 좋아한 줄무늬 가죽 공의 냄새를 알까? 카이사르가 바냐처럼 어머니의 손에 입을 맞추거나 어머니의 비단옷이 사각거리는 소리를 들어 보았을까? 카이사르가 맛없는 페이스트리 때문에 학교에서 난동을 피워 본 적이 있을까? 카이사르가 이반 일리치처럼 사랑에 빠져 보았을까? 카이사르가 이반 일리치처럼 재판을 진행할 수 있었을까?

'카이사르는 인간이므로 죽는 것이 당연했다. 하지만 나만의 생각과 감정을 가진 나, 어린 바냐, 이반 일리치의 경우에는 완전히 다른 문제이다. 내가 죽는다는 것은 있을 수 없는 일이다. 그건 너무도 끔찍한 일이다.'

이것이 그가 느끼는 감정이었다.

'만약 내가 카이사르처럼 죽어야 한다면 그런 사실을 몰랐을 리가 없다. 내면의 목소리가 알려 주었을 테니까. 하지만 그런 목소리가 들린 적은 없다. 나와 내 친구들은 우리가 카이사르와 다르다고 생각했는데, 이게 뭐야!' 그는 혼잣말을 했다. '이건 아니야. 있을 수 없는 일이야! 그런데 그 일이 생겨 버렸어. 어째서지? 이걸 어떻게 이해할 수 있단 말인가?'

그는 이해할 수 없었다. 사실이 아닌 이 거짓되고 병적인 생각을 쫓아내고 올바르고 건강한 생각으로 대신하려고 애썼다. 하지만 죽음에 대한 생각과 현실이 성큼 다가와 그를 정면으로 마주 보는 것 같았다.

이반 일리치는 죽음에 대한 생각을 몰아내려고 다른 생각을 계속 떠올리면서 어떻게든 버팀목을 찾으려고 했다. 예전에 죽음에 대한 생각을 막아 주었던 사고의 흐름으로 돌아가려고 애를 썼다. 그런데 이상했다. 예전에 죽음에 대한 생각을 막고 감추고 없애 주었던 생각들이 아무런 효과가 없었다. 그래서 이반 일리치는 그 생각의 흐름을 다시 쌓으려고 애쓰면서 대부분의 시간을 보내게 되었다. '다시 일에 집중하자. 지금까지 살아온 것도 일 덕분이었잖아.' 그래서 이반 일리치는 모든 의심을 떨쳐 버리고 법원에 출근했다. 동료들과 대화를 나누거나, 평소 습관대로 앙상해진 두 팔을 참나무 의자 팔걸이에 걸치고 편하게 앉아서 생각에 잠긴 시선으로 사람들을 바라보거나, 평소처럼 동료 쪽으로 몸을 기울여 동료의 서류를 함께 보면서 낮은 목소리로 몇 마디 주고받다가 갑자기 고개를 들고 똑바로 앉아 의례적인 말을 몇 마디 한 뒤 재판을 시작했다. 하지만 재판 도중에 갑자기 옆구리 통증이 찾아와 그를 물어뜯기 시작했다. 이반 일리치는 통증에 신경 쓰지 않으려고 노력했지만 소용없었다. 죽음이 다가와 이반 일리치 앞에 서서 그를 바라보았다. 이반 일리치는 공포에 질렸다. 눈에서 생기가 사라져 버렸다. 그는 계속 자신에게 물었다. '정말 죽음만이 진실이란 말인가?' 동료와 부하 직원들은 그렇게 유능하고 예리한 재판관이었던 그가 당황하고 실수하는 모습을 보고는 깜짝 놀라며 괴로워했다. 그는 잡념을 떨쳐 버리고 마음을 다잡으려고 애쓰면서 간신히 재판을 끝냈다. 그는 서글픈 기분을 느끼며 집으로 돌아왔다. 이제 직장 업무도 그가 숨기고 싶었던 것을 숨겨 주지 못했고 죽음에서 도망치게 해 주지도 못했다. 가장 끔찍한 사실은 죽음이 자꾸만 그의 관심을 끌어당겨 똑바로 응시하게 만든다는 것이었다. 뭔가 대책을 강구하는 것이 아니라, 그저 죽음을 똑바로 바라보면서 죽을 것 같은 고통을 느낄 수밖에 없었다.

이반 일리치는 이런 상황에서 벗어나기 위해 위안이 되어 줄 새로운 보호막을 찾으려 애썼다. 새로운 보호막은 한동안 그를 구원해 주는 듯했지만 이내 산산이 부서졌다. 아니, 투명해졌다는 말이 맞을 것이다. 죽음은 모든 것을 통과하므로 그 무엇으로도 가릴 수 없으니까.

이 인생 말기에 이반 일리치는 그가 직접 꾸민 응접실을 자주 찾았다. 어떻게 보면 그가 목숨을 바친 곳이었다. 이 방이 바로 그가 사다리에서 떨어져 죽을병에 걸린 곳이니까 말이다(지금 생각해 보면 우스꽝스럽기까지 한 일이었다). 응접실로 들어간 그는 광택 나는 탁자에서 무언가에 긁힌 자국을 발견했다. 원인을 찾아보니 앨범에 달린 청동 장식 때문이었다. 그 장식이 구부러져 있었다. 애정을 담아 채운 값비싼 앨범을 집어 든 그는 조심성 없는 딸아이와 딸의 친구들에게 화가 났다. 앨범 여기저기가 찢겨 있었고 거꾸로 된 사진도 있었다. 그런 사진들을 꼼꼼하게 다시 끼우고 구부러진 장식도 원래의 모양대로 펴 놓았다.

그러자 문득 앨범이 놓인 탁자 자체를 화분이 있는 다른 쪽 구석으로 옮겨야겠다는 생각이 들었다. 그는 하인을 불렀다. 그런데 딸과 아내가 도와준다며 와서는 옮기면 안 된다고 반대했다. 아내가 그의 말을 반박했고 이반 일리치도 거기에 대고 반박하며 화를 냈다. 그래도 괜찮았다. 그때만큼은 죽음이 떠오르지 않았다. 눈에 보이지 않았다.

하지만 그가 물건을 직접 옮기려고 하자 아내가 말했다.

"하인들 시켜요. 그러다 또 다치면 어쩌려고."

순간 갑자기 죽음이 보호막을 뚫고 들어와 모습을 드러냈다. 그냥 잠깐 번쩍했다가 사라질 거라고 예상하면서도 자기도 모르게 옆구리로 온 관심이 향했다. '죽음이 똑같이 거기에 있어! 물어뜯는 통증도 똑같아!' 이제 그는 죽음을 한시도 잊을 수 없게 되었다. 죽음은 꽃 뒤편에서 그를 똑바로 바라보고 있었다. 이게 다 무슨 소용이란 말인가?

'그래, 정말 그렇게 된 것이로구나! 저 커튼을 달다가 기습 공격을 당하듯 생명을 잃은 거야. 정말 그렇게 된 일이란 말인가? 너무나 끔찍하고 어처구니없는 일이구나. 그럴 리 없어! 아니야! 하지만 정말로 그렇구나.'

이반 일리치는 서재로 돌아와 자리에 누웠다. 또다시 죽음과 단둘이 되었다. 죽음을 마주 보고 있지만 할 수 있는 일이 아무것도 없었다. 그저 죽음을 바라보며 공포에 떨 뿐이었다.

7

이반 일리치의 병은 서서히 진행되어서 눈에 띄지 않았다. 하지만 석 달째로 접어들자, 아내와 딸, 아들, 지인들, 의사들, 하인들, 그리고 누구보다 이반 일리치 자신도 알게 된 사실이 있었다. 모두의 관심이 그가 직장에서 언제 자리를 비워 줄 것인지, 그의 존재 때문에 다른 이들이 겪는 불편함을 언제 없애 줄 것인지, 그 자신 또한 언제 고통에서 벗어날 것인지로 향한다는 것이었다.

그는 잠자는 시간이 점점 줄어들었다. 아편을 먹고 모르핀 주사를 맞았지만 통증은 사라지지 않았다. 주사를 맞으면 반쯤 잠든 상태가 되어 우울감도 둔해져서 조금이나마 편해지는 듯했지만, 나중에는 우울감도 통증만큼이나 아니 그보다 더 심해졌다.

음식도 의사의 지시에 따라 특별히 준비된 것을 먹었다. 하지만 갈수록 아무 맛도 느껴지지 않더니 결국에는 역겨운 맛이 났다.

볼일도 특수 용변기에서 보아야 했는데 사용할 때마다 고통이었다. 꼴사나운 생김새는 물론이고, 불결하고 악취까지 풍기는 데다가 다른 사람의 도움까지 받아야 하니 너무나 괴로웠다.

이렇게 용변을 보는 것은 불쾌하기 짝이 없는 일이었지만 그나마 위안을 주는 것이 하나 있었다. 집사 일을 돕는 청년 게라심이 와서 용변기를 치워 준다는 것이었다.

게라심은 깔끔하고 활기찬 청년이었다. 도시에서 잘 먹고 잘 자라서 통통하게 살이 올랐고 언제나 밝고 명랑했다. 이반 일리치는 러시아식 하인 제복을 말끔하게 차려입은 그가 용변이나 치우는 구역질 나는 일을 하는 모습을 처음 보았을 때 당황해서 어쩔 줄 몰랐다.

한번은 이반 일리치가 변기에서 일어나다가 바지 올릴 힘이 없어서 안락의자에 그대로 주저앉은 일이 있었다. 그는 공포에 질린 표정으로 자신의 헐벗은 앙상한 허벅지를 바라보았다.

그때 삼베로 만든 깨끗한 앞치마를 두른 게라심이 기분 좋은 타르 냄새를 풍기며 상쾌한 겨울 공기를 몰고 들어왔다. 묵직한 장화를 신었지만 발걸음이 가벼우면서도 힘찼다. 셔츠 소매를 걷어 올려 젊고 튼튼한 팔뚝이 드러났다. 그는 혹시라도 자기 얼굴에서 활기찬 생명력이 드러난 걸 보면 아픈 주인의 기분이 상할까 봐 주인을 쳐다보지 않으면서 조심스럽게 용변기 쪽으로 갔다.

"게라심."

이반 일리치가 힘없는 목소리로 불렀다.

게라심이 깜짝 놀랐다. 무슨 실수라도 했을까 봐 겁먹은 듯했다. 그는 곧바로 이제 막 수염이 나기 시작한 앳되고 상냥하고 순박한 얼굴을 돌렸다.

"예, 나리."

"참 고역스러운 일일 거야. 이해해 주게. 나도 어쩔 수 없으니."

"아닙니다, 나리."

게라심의 두 눈이 반짝이고 하얀 이가 드러났다.

"힘들 게 뭐가 있겠습니까. 나리가 편찮으셔서 그런 건데요."

게라심은 튼튼한 두 손을 빠르게 움직여서 능숙하게 일을 처리하고 가벼운 걸음으로 방을 나갔다. 그러더니 5분쯤 후에 역시 가벼운 걸음으로 돌아왔다. 이반 일리치는 안락의자에 똑같은 자세로 앉아 있었다.

"게라심."

이반 일리치는 게라심이 깨끗하게 씻은 용변기를 내려놓는 것을 보고 말했다.

"이리 와서 나 좀 도와주게."

게라심이 이반 일리치에게 갔다.

"날 좀 일으켜 주게. 혼자서는 힘들어. 드미트리도 내보냈고 말이야."

게라심은 걸을 때 그런 것처럼 튼튼한 두 팔로 가볍지만 부드럽게 주인을 안아 일으켰다. 한쪽 손으로는 그를 받치고 다른 손으로는 바지를 올려 주었다. 다시 자리에 앉히려고 하는데, 이번에는 이반 일리치가 소파로 옮겨 달라고 했다. 게라심은 전혀 힘들지 않은 듯 그를 안다시피 해서 소파에 앉혔다.

"고맙네. 자네는 뭐든지 뚝딱 잘 해내는구먼."

게라심은 다시 미소를 지어 보이더니 방에서 나가려고 뒤돌았다. 하지만 이반 일리치는 게라심이 옆에 있으면 너무 편안해서 그를 보내고 싶지 않았다.

"하나만 더 해 주게. 저 의자를 좀 내 발밑으로 옮겨 주게나. 아니, 그거 말고 다른 의자. 발을 올리고 있으면 좀 편해져서."

게라심이 의자를 들고 왔다. 가볍게 바닥에 내려놓고 이반 일리치의 두 발을 의자에 올렸다. 게라심이 발을 들고 있는 동안 이반 일리치는 조금이나마 기분이 나아지는 것 같았다.

"발을 올리고 있으니 훨씬 낫군. 저기 있는 쿠션도 가져와서 다리를 받쳐 주게."

게라심은 그렇게 했다. 그는 다시 이반 일리치의 발을 들고 쿠션을 받쳐 주었다. 이번에도 이반 일리치는 게라심이 발을 들고 있는 동안 조금이나마 편안함을 느꼈다. 게라심이 발을 내려놓으니 상태가 나빠지는 것 같았다.

"게라심, 지금 바쁜가?"

"전혀 바쁘지 않습니다, 나리."

게라심은 주인에게 말하는 법을 도시 사람들에게 배웠다.

"할 일이 뭐가 남았지?"

"할 일이 뭐가 남았느냐고요? 다 했습니다. 내일 쓸 장작만 패면 되지요."

"그럼 내 발을 좀 더 높이 들고 있어 줄 수 있겠나?"

"당연히 해 드릴 수 있지요."

게라심이 주인의 발을 더 높이 들었고, 이반 일리치는 그런 자세로 있으니 통증이 전혀 느껴지지 않는 것 같았다.

"장작은 어쩌지?"

"그 걱정은 하지 마세요, 나리. 시간은 많습니다."

이반 일리치는 게라심에게 앉아서 발을 들고 있으라고 하고는 그에게 이런저런 말을 걸었다. 이상하게도 게라심이 발을 들고 있는 동안은 몸 상태가 나아지는 기분이었다.

그날 이후로 이반 일리치는 가끔 게라심을 불러 그의 어깨에 발을 올려놓아 달라고 했다. 그는 게리심과 이야기하는 게 좋았다. 전혀 꺼리는 낌새 없이 항상 선량한 태도로 뭐든지 뚝딱 해내는 모습이 이반 일리치를 감동시켰다. 다른 사람의 건강하고 힘이 넘치는 모습을 볼 때면 기분이 상했지만, 게라심의 건강하고 힘찬 모습을 보면 오히려 마음이 편안해졌다.

이반 일리치를 가장 괴롭히는 것은 사람들의 기만이었다. 어찌 된 일인지 사람들은 그가 몸이 좀 아픈 것일 뿐 죽는 것은 아니며, 조용히 안정을 취하고 치료를 받으면 상태가 좋아질 거라는 거짓말을 믿었다. 하지만 그 어떤 방법도 소용없다는 것을 이반 일리치는 잘 알고 있었다. 그가 죽는다는 사실은 변함이 없었고 고통만 커질 뿐이었다. 사람들의 기만은 너무 고통스러웠다.

그가 죽는다는 사실을 자기들도 잘 알면서 인정하지 않았고, 그의 가망 없는 상태에 대해 거짓말을 했으며, 그도 거짓말에 동참하기를 원했다. 그의 코앞에 닥친 끔찍하고도 엄숙한 죽음을, 누군가의 집에 방문하는 것이나 커튼, 저녁 식사에 나오는 철갑상어 고기 같은 것으로 끌어내리고 아무렇지 않게 떠드는 사람들의 거짓말이 이반 일리치는 끔찍하게도 괴로웠다. 그런데 이상한 일이었다. 사람들이 그렇게 거짓말을 늘어놓을 때마다 '거짓말하지 마! 내가 죽는다는 걸 너도 알고 나도 알잖아. 그러니 최소한 거짓말은 하지 말라고!'라는 말이 목구멍까지 차오른 적이 한두 번이 아니었다. 그런데도 한 번도 용기 내어 소리치지 못했다. 자신이 죽어 가고 있다는 끔찍하고 무서운 사실이 주변 사람들에게는 그저 가볍고 약간 불쾌한 일이나 무례한 행동(이를테면 누군가 고약한 냄새를 풍기며 응접실에 들어온 것처럼) 정도로만 여겨지는 이유가 뭔지 이반 일리치는 알 것 같았다. 그것은 그가 평생 지키며 살아온 예의와 품위 때문이었다. 그의 상태에 대해 알고 싶은 마음이 없으니, 그의 심정을 이해하는 이가 없는 것은 당연했다. 오직 게라심만 이반 일리치의 마음을 이해하고 그를 가엾게 여겼다. 그래서 그는 게라심과 있으면 마음이 편했다. 게라심이 발을 들어 주고 있을 때면 위로가 되었다. 가끔은 "걱정 마세요, 나리. 저는 나중에 자면 되니까요."라고 말하며 자러 가지도 않고 밤새 발을 받쳐 주기도 했다. 가끔은 다정하게 이렇게 말해 주었다.

"나리가 아프지 않으면 모를까, 지금 이렇게 아프시니 제가 힘들다고 불평할 이유가 없지요."

그에게 거짓말하지 않는 사람은 게라심뿐이었다. 오직 그만이 상황을 있는 그대로 정확하게 이해했고 숨길 필요가 없다고 생각했다. 그저 병으로 수척하고 쇠약해진 주인을 불쌍하게 여길 뿐이었다. 한번은 이반 일리치가 그만 나가 보라고 하자 게라심은 단도직입적으로 말했다.

"사람은 누구나 죽습니다. 그러니 제가 힘들다고 불평할 이유가 없지요."

죽어 가는 사람을 위해 해 주는 일이므로 전혀 수고라고 생각하지 않으며, 언젠가 자신의 죽음이 찾아오면 누군가가 자기를 위해 수고해 주기를 바란다는 뜻 같았다.

거짓말 말고도, 이반 일리치를 괴롭히는 게 또 하나 있었다. 아니, 생각해 보면 이것도 거짓말 때문일 터였다. 그것은 바로 누군가 자신을 가엾게 여겨 주었으면 했는데, 그런 사람이 하나도 없다는 것이었다. 고백하기 부끄러운 사실이지만, 오랫동안 통증에 시달리다 보면 누군가 아픈 어린아이 보듯 자신을 가엾게 여겨 주었으면 좋겠다는 마음이 들었다. 누군가 자신을 다정하게 어루만져 주면서 달래 주었으면 싶었다. 높은 자리에 있는 관리인 데다 수염도 희끗희끗한 나이이니 절대로 이루어질 수 없는 바람이었지만, 그래도 그랬으면 좋겠다는 생각이 드는 것이었다. 그런데 게라심이 그를 대하는 태도는 그의 이런 바람을 어느 정도 충족해 주었고, 그래서 위로가 되었다. 이반 일리치는 엉엉 울고 싶었다. 누군가 자신을 달래 주며 같이 울어 주기를 바랐다. 하지만 법원 동료인 셰베크가 찾아왔을 때 이반 일리치는 엉엉 울거나 위로를 받는 것과는 거리가 먼 진지하고 엄격한 모습을 보였다. 오랜 습관처럼 대법원의 결정에 대한 자신의 생각을 이야기하고 고집스럽게도 자기 주장을 꺾지 않았다. 주변 사람들은 물론이고 그 자신조차도 거짓에서 헤어나지 못했다. 죽음이 얼마 남지 않은 그에게 가장 큰 독은 바로 거짓이었다.

8

아침이었다. 이반 일리치는 게라심이 방에 없고, 시종 표트르가 들어와 촛불을 끄고 한쪽 커튼을 걷은 다음 조용히 청소하고 있으면 아침이라는 것을 알았다. 아침이든 저녁이든 금요일이든 일요일이든 항상 똑같았다. 다른 것은 하나도 없었다. 한순간도 쉬지 않고 줄어들지도 않은 채 그를 괴롭히는 통증도, 나날이 약해지지만 완전히 꺼지지는 않은 의식도, 부정할 수 없는 현실이 되어 점점 더 가까이 다가오는 무섭고 증오스러운 죽음도, 사람들의 거짓도 매일 그대로였다. 항상 똑같은데, 오늘이 며칠인지 무슨 요일인지 몇 시인지가 다 무슨 소용이겠는가.

"나리, 차를 가져올까요?"

'저 녀석은 매일이 똑같기를 바라는군. 주인들은 아침에 당연히 차를 마셔야 한다고 생각하는 거지.' 이반 일리치는 이런 생각이 들었지만 "아니야."라고만 대답했다.

"소파로 옮겨 드릴까요, 나리?"

'방을 치워야 하는데 내가 방해가 되는 모양이군. 내가 더럽고 지저분하니까.' 또 이런 생각이 들었지만 "아니, 그냥 내버려 둬."
라고만 했다.

표트르는 계속 바쁘게 움직였다. 이반 일리치가 한 손을 뻗자,
표트르가 시중을 들려고 다가왔다.

"나리, 왜 그러세요?"

"시계 좀."

표트르가 바로 근처에서 시계를 집어 주인에게 건넸다.

"여덟 시 반이군. 다들 일어났나?"

"아직입니다. 바실리 이바노비치 도련님은 학교에 가셨고, 마
님은 나리께서 찾으시면 깨우라고 하셨어요. 마님을 깨울까요?"

"아니, 그럴 필요 없어."

이반 일리치는 '차를 마셔야겠어'라고 생각했고 소리내어 말
했다.

"그래, 차를 가져다주게."

표트르가 문으로 걸어갔다. 이반 일리치는 혼자 남는 것이 무
서웠다. '저 녀석을 어떻게 잡아 두지? 아, 그래, 약.' "표트르, 약
좀 주게." '그래, 먹자. 아직 효과가 있을지도 모르니까.' 그는 약
을 한 숟가락 삼켰다. '효과가 있기는… 바보 같은 짓이지. 다 거
짓이야.' 그 익숙한 역겹고 절망적인 맛이 느껴지는 순간 이반 일
리치는 생각했다. '더는 안 믿어. 그런데 통증은 왜 이렇단 말인
가? 왜 한순간도 멈추지 않는지!' 그는 신음 소리를 냈다. 그 소
리에 표트르가 몸을 돌렸다.

"괜찮네. 가서 차나 가져오게."

표트르가 방을 나갔다. 혼자 남은 이반 일리치는 또다시 신음 소리를 토했다. 물론 통증 때문이기도 했지만, 그보다는 정신적 고통이 더 컸다. '매일 똑같은 날들, 영원히 끝나지 않을 것처럼 되풀이되는 낮과 밤. 차라리 빨리 와 버렸으면! 그런데 뭐가? 죽음, 어둠? 아니, 아니다. 죽음만큼은 절대로 싫다!'

표트르가 쟁반에 놓인 차를 들고 왔다. 순간 이반 일리치는 그가 누구인지, 무엇을 하는 건지 모르겠다는 멍한 얼굴로 그를 쳐다보았다. 표트르는 주인의 그런 표정에 당황했다. 표트르의 당황한 표정에 이반 일리치는 정신이 들었다.

"아, 차! 그래, 여기 내려놓게. 세수하는 걸 도와주고 깨끗한 셔츠를 입혀 줘."

이반 일리치는 세수를 하기 시작했다. 중간에 쉬어 가면서 손과 얼굴을 차례로 씻고 이를 닦고 머리를 빗고 거울을 보았다. 거울에 비친 그의 모습은 경악스러웠다. 특히 창백한 이마에 머리카락이 달라붙은 모습은 소름이 끼쳤다.

이반 일리치는 표트르의 도움으로 셔츠를 갈아입는 동안, 분명 더 끔찍할 것임을 알기에 자기 몸은 쳐다보지도 않았다. 드디어 준비가 끝났다. 이반 일리치는 가운을 걸치고 담요를 두르고는 차를 마시기 위해 안락의자에 앉았다. 순간 상쾌한 기분이 느껴졌지만 차를 마시는 순간 또다시 역겨운 맛이 느껴졌고 통증도 돌아왔다. 억지로 다 마신 후에 두 다리를 쭉 뻗고 누웠다. 표트르를 방에서 내보냈다.

항상 똑같았다. 희망의 불꽃이 반짝인다 싶으면 거대한 절망의 파도가 밀려왔다. 통증은 빠지는 법이 없었다. 항상 통증과 절망이 반복되었다. 혼자 있으면 두려워서 누군가를 부르고 싶었지만 누군가 옆에 있으면 오히려 상황이 더 나빠진다는 것을 이미 겪어 봐서 잘 알고 있었다. '다시 모르핀을 맞고 정신을 잃겠지. 의사에게 다른 방법을 찾아보라고 해야겠어. 이런 식으로는 도저히 안 돼.'

그렇게 한 시간, 두 시간이 지났다. 현관에서 종이 울렸다. '의사인가?' 의사였다. 통통한 의사는 상쾌하고 활기차 보였고, 마치 '많이 놀라고 당황하셨군요. 제가 다 해결해 드리죠!'라고 말하는 듯한 표정이었다. 의사는 그런 표정이 이 자리에 어울리지 않는다는 것을 알지만 얼굴에 그대로 새겨져 버려서 없앨 수가 없었다. 아침에 프록코트를 차려입고 차례대로 사람들을 만나러 다니는 것과 같았다. 의사는 안심하게 해 주려는 듯 자신의 두 손을 세게 비볐다.

"후, 날씨가 정말 춥네요! 밖이 꽁꽁 얼었어요. 몸 먼저 녹이겠습니다!"

의사는 자기가 몸을 녹일 때까지 기다리기만 하면 모든 문제가 해결될 거라고 말하는 듯했다.

"좀 어떠신가요?"

이반 일리치가 보기에 의사는 '일은 잘 되시나요?'라고 말하고 싶었지만, 좀 아닌 것 같다고 생각했는지 '간밤에는 어떠셨어요?'라고 바꿔 물은 것 같았다.

그는 '거짓말이 부끄럽지 않습니까?'라고 묻는 표정으로 의사를 바라보았다. 하지만 의사는 이 질문을 굳이 이해하려고 하지 않았다.

이반 일리치는 그냥 이렇게 답했다.

"평소처럼 끔찍하지요. 통증이 한순간도 사라지질 않고 줄어들지도 않아요. 다른 방법이…."

"뭐 환자들이 다 그렇죠. 이제야 몸이 좀 따뜻해졌네요. 꼼꼼한 프라스코비야 표도로브나 부인께 몸이 차갑다고 혼나지 않을 정도가 된 거 같습니다. 어디 한번 볼까요?"

의사가 이반 일리치의 손을 잡았다.

의사는 조금 전의 장난기를 버리고 진지한 표정으로 환자를 살폈다. 맥박과 체온을 재고 몸 이곳저곳을 두드려 보고 청진기로 소리도 들었다. 이반 일리치는 이 모든 행동이 아무런 의미도 없고 거짓일 뿐이라는 것을 잘 알고 있었다. 하지만 의사가 심각한 얼굴로 무릎을 꿇고 앉아, 자기 쪽으로 몸을 기울여 위에서부터 아래로 내려가며 귀를 대고 소리를 들으며 마치 곡예라도 하듯 움직이자, 이번에도 혹시나 하는 마음이 들었다. 모든 게 다 거짓말이고, 거짓말을 왜 하는지도 뻔히 알면서 변호사의 말에 속아 넘어가는 것과 다를 바가 없었다.

의사가 소파에 무릎을 대고 이반 일리치의 몸을 두드리고 있을 때, 문 쪽에서 프라스코비야 표도로브나의 비단 드레스 옷자락이 바스락거리는 소리가 났다. 그녀가 의사가 온 것을 왜 알리지 않았느냐고 표트르를 나무라는 소리도 들려왔다.

프라스코비야 표도로브나는 방에 들어와 남편에게 입을 맞추자마자 서둘러 변명을 늘어놓았다. 일어난 지 한참 되었는데 착오가 생기는 바람에 의사 선생님이 오셨을 때 나와 보지 못한 거라고 했다.

이반 일리치는 머리부터 발끝까지 아내를 훑어보았다. 그녀의 하얀 피부와 오동통한 몸, 깨끗한 손과 목, 윤기 나는 머리카락, 생기로 반짝이는 눈에 거부감이 들었다. 온 마음을 다해 그녀가 싫었다. 증오심이 너무 커서 손길이 조금만 닿아도 괴로웠다.

남편이나 남편의 병에 대한 프라스코비야 표도로브나의 태도는 항상 똑같았다. 환자를 대하는 의사의 태도가 한번 정해지면 바뀌지 않듯이, 남편을 향한 그녀의 태도도 한번 정해진 이후로는 바뀌지 않았다. 그 태도란, 모든 것은 할 일을 하지 않은 남편의 잘못이며 자신은 사랑하는 마음으로 나무랄 뿐이라는 것이었다.

"이 사람은 제 말을 안 들어요. 약을 제때 챙겨 먹으라고 그렇게 말하는데도…. 저렇게 발을 올리고 누워 있는 게 제일 큰 문제예요. 분명 몸에 안 좋을 텐데 말이에요."

프라스코비야 표도로브나는 남편이 게라심에게 발을 들고 있게 한다고 의사에게 말했다. 의사는 미소를 지었다. 상냥하지만 비웃는 듯한 그 미소는 이렇게 말하는 듯했다. '어쩌겠습니까? 원래 환자들은 그렇게 어리석은 생각을 하지요. 우리가 이해해 야죠.'

진찰을 끝낸 의사가 시계를 보았다. 그때 프라스코비야 표도 로브나는 이반 일리치에게 오늘 저명한 의사를 집으로 불렀다고 선언했다. 그 의사가 진료한 후에 미하일 다닐로비치와 상의하게 할 거라고도 말했다.

"제발 반대하지 말아요. 다 날 위한 일이니까."

아내는 이 모든 게 다 그를 위한 일이니 토를 달지 말라는 듯 비꼬았다. 이반 일리치는 이마를 찡그린 채 한마디도 하지 않 았다. 도저히 헤어날 수 없는 거짓의 거미줄에 걸린 기분이었다.

그녀가 남편을 위해서 한다는 일들은 전부 다 그녀 자신을 위 한 것이었다. 실제로 자신을 위한 일이 맞는 데도, 남편을 위한 일이라고 말하고 있었다. 마치 그녀 자신을 위한 일이라는 것은 생각할 수조차 없는 일이니까 반대로 말해도 그가 당연히 제대 로 이해할 거라는 듯이.

11시 반에 유명 의사가 도착했다. 그 의사도 이반 일리치의 몸 을 두드리며 소리를 들었고 이반 일리치가 있는 곳에서, 그리고 다른 방으로 자리를 옮겨서 신장과 맹장에 관해 이야기를 나눴 고, 아주 심각한 분위기를 풍기면서 질문과 대답을 주고받았다. 역시나 그들은 이반 일리치가 마주한 진짜 문제인 죽음이 아니라 제 기능을 하지 못하는 신장과 맹장에 관한 질문만 다루었고, 또다시 그는 홀로 죽음을 마주하고 있어야만 했다. 미하일 다닐로비치와 유명 의사는 신장과 맹장을 정상으로 고치는 방법에 관해 이야기했다.

유명 의사는 심각하지만 절망적이지는 않은 표정으로 자리를 떠났다. 이반 일리치가 공포와 희망이 함께 담긴 눈을 빛내며 회복 가능성이 있는지 조심스럽게 묻자, 의사는 장담할 순 없지만 가능성이 있다고 대답했다. 떠나는 의사를 희망 어린 표정으로 바라보는 이반 일리치의 모습이 너무나 애처로워 보여서 프라스코비야 표도로브나는 유명 의사에게 왕진료를 지불하려고 방을 나가면서는 눈물까지 흘렸다.

하지만 의사의 긍정적인 말에 다시 샘솟았던 희망은 그리 오래가지 못했다. 똑같은 방, 똑같은 그림, 커튼, 벽지, 약병, 모든 게 똑같았다. 통증으로 고통받는 그의 몸도 그대로였다. 이반 일리치는 신음하기 시작했다. 주사를 맞고 의식을 잃었다.

그가 정신이 들었을 때는 날이 어두워져 있었다. 저녁 식사로 나온 고깃국을 힘겹게 삼켰다. 역시나 모든 것이 똑같았고 또다시 똑같은 밤이 찾아오고 있었다.

저녁 식사를 마치고 7시가 되었을 때 프라스코비야 표도로브나가 방으로 들어왔다. 코르셋으로 끌어올린 가슴이 풍만했고 얼굴에는 분을 바른 흔적이 있었다. 아침에 그녀는 오늘 저녁에 극장에 간다고 그에게 말해 두었다. 그들이 사는 도시에서 열리는 사라 베르나르*의 공연에 특별석을 예약한 것이었다. 특별석을 사라고 권한 사람은 바로 이반 일리치였다. 그런데 그 사실을 까먹은 그는 아내의 치장한 모습에 기분이 나빠졌다. 하지만 자신이 아이들에게 유익하고 눈도 즐거운 경험이 될 테니 꼭 특별석을 사서 관람하라고 말한 사실이 떠올라서 불쾌한 감정을 감추었다.

프라스코비야 표도로브나는 기분이 좋아 보이면서도 죄책감도 느껴지는 얼굴로 방에 들어왔다. 그녀는 옆에 앉아 좀 어떠냐고 물었다. 하지만 어차피 달라질 것도 없으니 정말로 궁금해서가 아니라 그냥 형식적으로 물어보는 것이었다. 그녀는 곧바로 진짜 용건으로 넘어갔다. 자신은 공연을 보러 가고 싶지 않지만 특별석을 이미 예약해 둔 데다 엘렌과 딸, 페트리셰프(딸의 약혼자인 예심판사)가 가는데 자기만 빠질 수 없다는 것이었다. 자기는 남편 옆에 앉아 있는 것이 더 좋고, 자기가 없어도 의사의 지시 사항을 꼭 따라야 한다고 했다.

"아, 표도르 페트로비치 페트리셰프가 잠깐 당신을 보고 싶대요. 들어와도 괜찮죠? 리자랑 같이요."

"그래."

그때 야회복으로 차려입은 딸이 들어왔다. 젊고 건강한 몸이

---

* 사라 베르나르(Sarah Bernhardt)는 19세기 말과 20세기 초에 인기를 누린 프랑스 연극 배우이다.

드러났다. 이반 일리치에게는 고통만 주는 몸인데 딸은 자기 몸을 자랑하듯 내보이고 있었다. 딸은 사랑에 빠진 모습이었고, 행복을 방해하는 병과 고통과 죽음 같은 것은 잠깐이라도 상대하고 싶지 않은 듯했다.

표도르 페트로비치 페트리셰프도 들어왔다. 연미복을 입었고, 곱슬머리는 프랑스 오페라 가수 빅토르 카풀을 흉내 냈다. 넓은 가슴이 돋보이는 흰 셔츠와 길고 튼튼한 목을 감싼 꽉 조이는 옷깃, 건장한 허벅지에 딱 들어맞는 통 좁은 검은색 바지 차림이었다. 그리고 한쪽 손에는 딱 맞는 흰 장갑을 끼고 오페라 모자를 들고 있었다.

그의 아들이 사람들 눈에 띄지 않게 뒤따라 들어왔다. 새 교복을 입고 장갑을 끼고 있었다. 눈 밑이 그늘져 있었는데, 이반 일리치는 그 이유를 잘 알고 있었다.

그는 항상 아들이 안쓰러웠다. 하지만 지금 이렇게 겁에 질려 아버지를 안타깝게 바라보는 아들의 얼굴을 마주하자니 이반 일리치는 두려워졌다. 이반 일리치가 보기에 게라심 이외에 자신을 이해하고 가엾게 여겨 주는 사람은 그의 아들 바샤뿐이었다.

모두 자리에 앉아 또다시 이반 일리치에게 어떤지 물었다. 침묵이 흘렀다. 리자가 엄마에게 오페라 안경이 어디 있는지 물었다. 모녀는 누가 오페라 안경을 가져갔고 누가 어디에 뒀는지 실랑이를 벌였고 분위기가 약간 불편해졌다.

표도르 페트로비치 페트리셰프가 이반 일리치에게 사라 베르나르를 본 적이 있느냐고 물었다. 이반 일리치는 처음에는 질문을 이해하지 못하다가 대답했다.

"아니, 자네는 본 적 있나?"

"네, 오페라 〈아드리나 르쿠브뢰르〉* 공연에서 봤습니다."

프라스코비야 표도로브나가 사라 베르나르의 연기가 좋았다며 몇몇 작품을 언급했다. 하지만 딸이 반대하면서 갑자기 대화가 사라 베르나르의 우아하고 사실적인 연기에 관한 이야기로 넘어갔다. 항상 되풀이될 뿐 전혀 새로울 게 없는 대화였다.

한창 얘기를 나누던 도중에 표도르 페트로비치가 이반 일리치를 힐끗 보더니 입을 다물었다. 다른 사람들도 이반 일리치를 보고는 말이 없어졌다. 이반 일리치는 번득이는 눈으로 그들을 노려보고 있었다. 화가 난 것이 분명했다.

어떻게든 상황을 수습해야 했지만 불가능했다. 한동안 아무도 감히 침묵을 깨뜨리지 못했다. 그들은 지금까지 모두가 거짓을 보여 왔다는 사실이 분명해지고 갑자기 진실이 모습을 드러낼까 봐 두려웠다. 용기 내어 침묵을 깨뜨린 사람은 리자였다. 하지만 그녀는 모두가 느끼는 감정을 숨기려다가 오히려 드러내고 말았다.

"갈 거면 지금 출발해야 해요."

리자가 시계를 보면서 말했다. 그 시계는 아버지가 준 선물이

* 동명의 프랑스 여배우의 삶을 그린 프랑스 비극.

었다. 그녀는 약혼자에게 둘만 아는 의미심장한 미소를 살짝 지어 보이더니 옷자락이 부스럭거리는 소리와 함께 일어났다.

나머지 사람들도 일어나 이반 일리치에게 잘 자라고 인사한 뒤 방을 나갔다.

모두가 떠나자 이반 일리치는 기분이 한결 나아졌다. 그들과 함께 거짓말도 사라졌기 때문이다. 하지만 통증은 그대로였다. 언제나 똑같은 통증에 언제나 똑같은 두려움, 더 힘들어지지도 더 수월해지지도 않고 매번 늘 똑같았다. 상태가 더 나빠지기만 할 뿐이었다.

일 분, 또 일 분이 지나고 한 시간, 또 한 시간이 지났다. 모든 것이 그대로였고 끝난 것은 아무것도 없었다. 결코 피할 수 없는 마지막이 점점 더 끔찍해졌다.

"아, 그래. 게라심을 좀 불러 줘."

표트르가 무언가를 묻자 이반 일리치가 대답했다.

9

아내는 밤늦게 돌아왔다. 까치발로 조심스럽게 들어왔지만 이반 일리치는 소리를 듣고 눈을 떴다. 하지만 얼른 다시 감았다. 아내는 게라심을 내보내고 자신이 옆에 앉아 있으려고 했다. 그때 이반 일리치가 눈을 뜨고 말했다.

"됐어. 가 봐."

"많이 안 좋아요?"

"항상 똑같아."

"아편을 먹어 봐요."

이반 일리치는 그 말대로 했다. 아내는 방을 나갔다.

그는 정신이 멍한 상태로 새벽 3시까지 괴로워했다. 이반 일리치는 고통과 함께 좁고 깊고 시커먼 자루 속으로 던져진 느낌이었다. 위에서 계속 그들을 밀어 대는데 자루가 밑부분이 없어서 점점 더 깊이 빠졌다. 그 느낌만으로도 끔찍한데 고통까지 그를 괴롭혔다. 무서웠지만 자루의 끝까지 완전히 떨어져 밖으로 빠져나가고 싶어서 발버둥을 치면서도 순순히 응했다. 그러다 갑자기 저 아래로 완전히 떨어지면서 자루를 빠져나왔고 의식이 돌아왔다. 게라심이 침대 발치에 앉아 조용히 졸고 있었다. 이반 일리치는 긴 양말을 신은 앙상한 두 다리를 게라심의 어깨에 올려놓고 누워 있었다. 일렁거리는 촛불도, 멈추지 않는 통증도 그대로였다.

"게라심, 그만 가 보게."

이반 일리치가 작은 목소리로 말했다.

"괜찮습니다, 나리. 좀 더 있을게요."

"아니야, 가 봐."

이반 일리치는 게라심의 어깨에서 발을 내리고 한 팔을 베고 옆으로 돌아누웠다. 자신이 너무나 불쌍했다. 게라심이 옆방으로 간 후에 그는 더 이상 감정을 억누르지 못하고 어린아이처럼 엉엉 울었다. 아무것도 할 수 없는 처지와 끔찍한 외로움, 사람들의 냉담함, 신의 무자비함, 그리고 신의 부재가 서러워서 울었다.

'대체 왜 이러는 겁니까? 왜 이렇게까지 해요? 대체 왜 나한테 이런 끔찍한 고통을 주는 겁니까?'

그는 답을 기다리지 않고 울기만 했다. 답은 없었고, 있을 수도 없었다. 통증이 다시 심해졌지만 몸을 뒤척이지도 않고 누군가를 부르지도 않았다. '그래요! 어디 한번 와 봐요! 그런데 이유가 뭔가요? 내가 무슨 잘못을 했다고! 대체 이유가 뭐냐고?'

갑자기 그가 조용해졌다. 울음을 멈추고 숨까지 참으면서 온 정신을 집중했다. 마치 입 밖으로 내는 소리가 아닌 영혼의 목소

리, 내면에서 일어나는 생각의 파도에 귀를 기울이기라도 하는
듯했다.

'네가 원하는 것이 무엇이냐?'

그가 들은, 말로 표현할 수 있는 첫 번째 분명한 개념은 바로
이것이었다.

'네가 원하는 것이 무엇이냐? 네가 원하는 것이 무엇이냐?'

이반 일리치가 되풀이했다.

'무엇을 원하냐고? 사는 것, 그리고 고통받지 않는 것.'

그가 답했다.

그는 다시 고통도 잊어버릴 만큼 온 정신을 집중해서 귀 기울
였다.

'사는 거라고? 어떻게?'

영혼의 목소리가 물었다.

'그래, 사는 것. 예전처럼 건강하고 즐겁게 사는 것.'

'예전처럼 건강하고 즐겁게?'

영혼의 목소리가 다시 물었다. 이반 일리치는 즐거웠던 삶의
순간들을 떠올려 보았다. 하지만 이상하게도 즐거웠던 순간들이
지금은 전혀 다르게 느껴졌다. 어린 시절의 기억을 제외하고 전
부 다 그랬다. 어린 시절의 기억은 너무나 행복해서 되돌릴 수만
있다면 다시 돌아가고 싶을 정도였다. 하지만 그 행복을 느낀 아
이는 이제 없었다. 꼭 다른 사람의 추억처럼 느껴졌다.

어른이 된 이후의 기억들로 넘어가자, 즐거움으로 남아 있던

과거의 순간들이 눈앞에서 녹아 버리고, 시시하고 추하기까지 한 무언가로 바뀌었다.

어린 시절에서 멀어져 현재에 가까워질수록 기쁜 추억들이 점점 더 하찮고 의심스러운 것으로 변했다. 법률 학교 시절부터 그랬다. 그 시절에도 정말로 좋은 추억은 있었다. 유쾌함, 우정, 희망 같은 것. 하지만 고학년으로 올라갈수록 좋은 순간이 점점 줄어들었다. 그러다 현 지사의 보좌관으로 공직 생활을 처음 시작한 때부터 좋은 기억들이 다시 나타났다. 한 여인을 사랑한 추억이 있었다. 하지만 이내 모든 것이 뒤죽박죽 엉키고 좋은 기억이 줄어들었다. 앞으로 나아갈수록 좋은 순간들은 점점 더 찾기 힘들어졌다.

갑작스러운 결혼, 뒤이어 찾아온 환멸, 아내의 입냄새와 성욕과 위선, 그리고 직장 생활의 위기, 오로지 돈만 생각하며 보낸 시간들. 그렇게 1년, 2년, 10년, 20년이 흘렀고 모든 게 똑같았다. 시간이 지날수록 더 나빠졌다. '산을 오르고 있다고 생각했는데 사실은 산을 내려가고 있었구나. 그랬던 거야. 다른 사람들이 보기에는 위로 올라가는 것 같았겠지만 그 세월 동안 삶은 나에게서 멀어져 간 거야. 이젠 다 끝났고 죽음뿐이다.'

'하지만 이 모든 게 무슨 의미일까? 삶이 이렇게 무의미하고 끔찍할 리 없다. 정말로 삶이 이렇게 무의미하고 끔찍한 거라면 내가 왜 이렇게 고통스럽게 죽어야 하는 걸까? 뭔가 잘못된 거야!' 문득 이런 생각이 들었다. '내가 잘못 살아온 것일 수도 있

어. 하지만 어떻게 그럴 수 있지? 난 해야 할 일을 다 했는데?' 하
지만 이내 그는 모든 생각을 떨쳐 버렸다. 삶과 죽음이라는 수수
께끼의 정답을 찾는 것은 불가능한 일이라는 듯이.

'그럼 지금 네가 원하는 건 뭐지? 사는 것? 어떻게 사는 것인
가? 교도관이 '재판관님 나오십니다!'라고 외치는 법정에서 살았
던 그 삶인가?'

이반 일리치는 중얼거렸다.

'재판관님 나오십니다, 재판관님이!'

'그래, 재판이 시작됐다. 난 죄가 없어!'

그는 분노하며 소리쳤다. 그는 울음을 그치고 벽 쪽으로 얼굴
을 돌린 채 똑같은 질문을 파고들었다. '왜, 도대체 무엇 때문에
이렇게 끔찍한 일을 겪어야 하는가?' 하지만 아무리 생각해도
답을 찾을 수 없었다. 이 모든 것이 그가 제대로 살지 않아서라
는 생각이 자꾸만 들었다. 하지만 그런 이상한 생각이 들 때마다
자기가 평생 올바로 살아왔다는 사실을 떠올리면서 그 생각을
떨쳐 버렸다.

10

두 주일이 지났다. 이제 이반 일리치는 소파에서만 지냈다. 침대가 아니라 소파에 누워서 거의 온종일 벽을 바라보았다. 여전히 멈추지 않는 통증과 외로움에 시달리면서 그는 답을 알 수 없는 질문에 매달렸다.

'이게 뭐지? 정말 죽음인 건가?'

내면의 목소리가 대답했다.

'그래, 죽음이다.'

'내가 왜 이런 고통을 겪어야 하지?'

내면의 목소리가 또 대답했다.

'이유는 없어. 그냥 그런 거야.'

그 이후로는 아무런 목소리도 들리지 않았다.

병이 처음 시작되었을 때부터, 처음 의사를 찾아가 진료를 받았을 때부터 이반 일리치는 상반된 두 가지의 기분이 계속 왔다 갔다 하는 상태로 살았다. 이해할 수 없는 끔찍한 죽음이 기다리고 있다는 절망감에 빠졌다가도 희망을 품고 몸의 기능을 열심히 관찰했다. 업무까지 제쳐 두고 신장과 맹장 생각에만 몰두했다가도 절대로 피할 수 없고 이해할 수도 없는 끔찍한 죽음만을 생각했다.

병이 시작되었을 때부터 이렇게 서로 상반되는 마음 상태를 계속 오고 갔다. 하지만 병이 진행될수록 신장에 대해서는 의심과 환멸이 커졌고 죽음이 다가온다는 생각은 더더욱 실감이 났다.

그는 석 달 전의 모습과 지금의 모습을 비교하지 않을 수 없었다. 그동안 계속 내리막길만 이어졌고 이제는 한 줄기 희망조차도 산산이 조각났다.

소파 등받이 쪽을 보고 누워 있노라면 외로움이 느껴졌다. 사람들로 북적거리는 도시에서 수많은 가족과 친구들에 둘러싸여 있으면서도 외로웠다. 깊은 바다나 땅속에서도 이렇게 외롭지는 않을 터였다. 이 끔찍한 외로움 속에서 그를 버티게 해 주는 것은 과거의 추억뿐이었다. 추억의 장면들이 사진처럼 그의 눈앞에 하나씩 펼쳐졌다. 그의 회상은 언제나 현재와 가장 가까운 시간에서 시작되어 점점 더 과거로 거슬러 올라갔고 언제나 그렇듯 어린 시절에 머물렀다. 그날 먹은 자두 조림을 생각하다 보면 어린 시절에 먹었던 쭈글쭈글한 프랑스 자두가 떠올랐다. 자두의 독특한 맛, 씨앗에 붙은 과육을 빨아먹을 때 고였던 침이 생각났다. 그리고 자두의 맛과 함께 어린 시절의 모든 추억이 밀려오는 것이었다. 유모, 형제, 장난감. '아니야. 생각하지 말자. 너무 고통스러우니까.' 이반 일리치는 소파 등받이에 달린 단추와 주름진 염소 가죽이 있는 현실로 돌아왔다. '염소 가죽은 비싸기만 하고 별로 튼튼하지 않아. 그러고 보니 염소 가죽 때문에 싸운 적이 있었는데…. 이거 말고 다른 염소 가죽이었고 싸움도 달랐어. 우리가 아버지 서류 가방을 찢어서 벌을 받았지. 혼난 다음에 어머니가 파이를 갖다주셨고….' 생각이 또 어린 시절로 돌아갔다. 또 고통스러웠다. 생각을 떨쳐 버리고 다른 생각에 집중하려고 했다.

하지만 어린 시절의 추억을 떠올리니 어김없이 또 다른 기억들도 몰려왔다. 그의 병이 어떻게 시작되었고 어떻게 점점 나빠졌는지에 대한 기억이었다. 그때조차도 지금보다 생명력이 넘쳤다. 지금보다 좋은 일들이 더 많았고 삶 자체가 훨씬 다채로웠다. 삶과 고통에 대한 생각이 하나로 합쳐졌다. '고통이 점점 심해진 것처럼 내 인생도 점점 나빠졌구나.' 이반 일리치는 생각했다. '처음에 삶이 시작되었을 때는 빛이 아주 밝게 빛났지만, 시간이 지날수록 점점 더 어두워졌어. 죽음과의 거리가 가까워질수록 빛이 꺼지는 속도도 빨라졌어.' 돌이 아래로 떨어질수록 속도가 빨라진다는 사실이 떠올랐다. 삶도 끝으로 갈수록 괴로움이 점점 더 커진다. 맨 마지막 순간에는 가장 끔찍한 고통이 있을 것이다. '나도 떨어지고 있구나….' 몸이 떨렸다. 저항하려고 자세를 고쳐 보았지만 그는 저항할 수 없다는 것을 잘 알고 있었다. 무언가를 보는 것도 지쳤지만 눈앞에 있는 것을 보지 않을 수는 없는 일이었다. 그는 소파 등받이를 빤히 쳐다보면서 끔찍한 추락과 충격과 파멸을 기다렸다. '저항은 불가능해.' 그가 혼잣말을 했다. '그래도 이유만이라도 알 수 있다면! 하지만 그것도 불가능해. 내가 제대로 살지 않아서라는 설명만이 가능하겠지. 하지만 그건 아니야.' 이반 일리치는 자신이 항상 법을 준수하고 올바르고 품위 있는 삶을 살아왔다는 사실을 떠올렸다. '그것만큼은 절대로 용납할 수 없어.' 그는 비웃는 것처럼 입술을 씰룩였다. 남들이 보면 정말로 웃었다고 생각할 것 같았다. '설명할 방도가 없구나! 고통과 죽음은… 대체 왜 존재한단 말인가!'

11

또 두 주일이 지났다. 그 두 주일 동안 이반 일리치 부부가 바라던 일이 이루어졌다. 페트리셰프가 정식으로 딸에게 청혼한 것이다. 어느 날 저녁의 일이었다. 다음 날 프라스코비야 표도로브나는 페트리셰프가 청혼한 이야기를 어떻게 하면 남편에게 가장 잘 전할 수 있을까 생각하며 방으로 들어왔지만, 그날 밤 이반 일리치는 새로운 변화를 경험했다. 이전과는 차원이 다를 정도로 상태가 나빠진 것이었다. 그녀는 이반 일리치가 여전히 소파에 누워 있지만 예전과 자세가 달라진 것을 보았다. 등을 대고 누운 상태로 앞을 노려보면서 신음 소리를 내고 있었다.

프라스코비야 표도로브나가 약 이야기를 꺼내기 시작했다. 이반 일리치가 고개를 돌려 바라보았고 그녀는 말을 다 끝내지 못했다. 그의 얼굴에 자신에 대한 증오심이 가득했기 때문이었다.

"편안하게 죽게 날 좀 내버려둬!"

이반 일리치가 말했다.

프라스코비야 표도로브나는 방을 나가려 했지만, 그때 딸이 들어와 아버지에게 아침 인사를 하려고 다가갔다. 이반 일리치는 아내를 보던 것과 똑같은 표정으로 딸을 바라보았다. 상태가 좀 어떤지 묻는 딸에게 머지않아 모두의 짐을 덜어 주겠다고 차갑게 대답했다. 딸과 아내는 둘 다 아무 말 없이 앉아 있다가 잠시 후 방을 나갔다.

"이게 우리 잘못이에요? 꼭 우리 탓이라는 것 같잖아요! 저도 아빠가 안됐긴 하지만 왜 우리가 괴로워야 해요?"

리자가 제 엄마에게 말했다.

평소와 똑같은 시간에 의사가 왔다. 이반 일리치는 시종일관 분노 가득한 눈으로 의사를 똑바로 바라보면서 '예, 아니오'로만 대답하다가 이렇게 말했다.

"당신이 나한테 해 줄 수 있는 일은 하나도 없소. 그러니 날 그냥 내버려둬요."

"고통을 줄여 드릴 순 있지요."

의사가 대답했다.

"그것도 해 줄 수 없으니까 그냥 내버려둬요."

의사는 응접실로 나가 프라스코비야 표도로브나에게 남편의 상태가 아주 심각하다고 말했다. 분명 통증이 굉장히 심할 텐데 아편으로 줄여 주는 것밖에 다른 방법이 없다고.

의사 말대로 이반 일리치의 육체적 고통이 끔찍한 것은 사실이었지만 정신적인 고통이 훨씬 더 컸다. 그를 가장 괴롭히는 것도 정신적인 고통이었다.

그의 정신적 고통은 그날 밤 광대뼈가 도드라진 게라심의 선량한 얼굴이 졸음으로 가득한 것을 보다가 문득 떠오른 질문 때문이었다.

'만약 내가 평생 잘못 산 거라면?'

그가 인생을 제대로 살지 못했다는 생각은 예전 같으면 상상조차 할 수 없는 일이었다. 그런데 문득 그럴지도 모른다는 생각이 들었다. 그는 높은 자리에 있는 사람들이 좋다고 여기는 것들에 저항하고 싶다는 생각이 가끔 들 때가 있었지만 곧바로 그런 충동을 억눌렀는데, 어쩌면 그게 진짜 인생이고 나머지는 전부 가짜일 수도 있겠다는 생각이 들었다. 일, 삶의 방식, 가족, 공적이거나 사적인 모든 인간관계가 전부 다 가짜일 수도 있었다. 이반 일리치는 자신을 변호하려고 했지만 근거가 너무 약하다는 것을 깨달았다. 변호할 것이 없었다.

'만약 그렇다면 난 지금까지 살면서 주어진 모든 것을 망쳤다는 걸 알면서도 바로잡을 기회조차 없이 죽는 거야. 그럼 어쩌지?' 그는 똑바로 누운 채로 지금까지와는 사뭇 다른 관점으로 자신의 삶을 돌아보기 시작했다. 그는 아침에 처음으로 하인의 얼굴을 보았고 이어서 아내와 딸, 의사를 차례로 보았다. 그들의 모든 말과 행동이 밤중에 드러난 진실이 맞았다는 것을 확인시켜 주었다. 그는 그들을 통해 자신을, 자신이 무엇을 위해 살아왔는지를 보았다. 그의 삶이 진짜가 아니었고, 삶과 죽음을 모두 가린 끔찍하고 거대한 기만이었음을 확인할 수 있었다. 그 순간

부터 그의 육체적 고통은 열 배 정도 커졌다. 그는 신음하며 몸부림쳤다. 입고 있던 옷을 쥐어뜯는 바람에 숨을 컥컥거렸다. 그러는 순간에도 모두가 증오스러웠다.

그는 많은 양의 아편을 맞고 의식을 잃었다. 하지만 정오 무렵에 통증이 다시 시작되었다. 사람들을 전부 내보내고 몸을 이리저리 뒤척였다. 아내가 와서 말했다.

"쟝, 여보, 날 위해서라도 꼭 해 줘요. 전혀 해롭지도 않고 오히려 도움이 될 거예요. 건강한 사람들도 많이 해요."

이반 일리치가 눈을 크게 떴다.

"뭐라고? 성찬을 받으라고? 뭐 하러? 필요 없어! 하지만…."

아내가 울기 시작했다.

"그래요, 여보, 해요. 사제님을 모셔 올게요. 좋은 분이에요."

"알았어, 알았다고."

그가 중얼거렸다.

사제가 와서 참회를 들어 주자 이반 일리치는 마음이 누그러지는 기분을 느꼈다. 그동안의 의심이 사라져서 고통도 줄어든 느낌이었다. 잠시나마 한 줄기 희망마저 느꼈다. 그는 다시 맹장과 맹장의 회복 가능성에 대해 생각했다. 두 눈에 눈물이 맺힌 채로 성찬을 받았다.

성찬식이 끝나고 사람들의 도움을 받아 자리에 누웠을 때 잠깐 마음이 편해졌다. 육신의 생명력이 다시 깨어난 것 같았다. 의사가 권유한 수술에 대해 생각하기 시작했다. '살고 싶어! 난 살고 싶어!' 아내가 들어와 성찬 받은 것을 축하하고 평소와 똑같이 형식에 불과한 말들을 쏟아 냈다.

"좀 나아졌죠?"

이반 일리치는 아내를 보지도 않고 대답했다.

"그래."

아내의 옷, 몸매, 표정, 어조가 전부 그에게 똑같은 말을 하고 있었다. '잘못된 삶이야. 이렇게 살면 안 됐어. 네가 살아온 인생은 삶과 죽음을 감추는 거짓과 기만에 불과했어.' 이런 생각이 드는 순간 또다시 증오심이 솟구쳤고 육체적 고통도 심해졌다. 고통이 느껴지자 피할 수 없는 죽음도 의식되었다. 이번에는 새로운 감각이 함께였다. 온몸이 쑤시듯 아프고 숨이 막혔다.

아내에게 '그래'라고 대답하는 그의 표정은 무시무시했다. 그는 아내의 얼굴을 똑바로 쳐다보면서 그렇게 말했다. 그러고는 쇠약한 환자라고는 도저히 믿기지 않을 만큼 빠르게 몸을 홱 돌리며 소리쳤다.

"나가! 날 좀 그냥 내버려둬!"

12

그 후로 사흘 동안 이반 일리치의 비명이 이어졌다. 두 칸 떨어진 방에서 문을 닫고도 들릴 만큼 끔찍하고 무서운 소리였다. 아내에게 대답했던 그 순간 이반 일리치는 자신이 완전히 패배했고 돌이킬 수 없다는 것을 깨달았다. 완전한 종말이 다가왔는데 의심은 풀리지 않고 그대로 남아 있었다.

"악! 악! 악!"

높낮이가 다른 비명이 쏟아졌다. 그의 비명은 '안 돼!'라고 외치는 것으로 시작했다. 말의 끝부분이 길게 늘어지면서 비명으로 이어졌다.

사흘 내내 이반 일리치에게는 시간이 존재하지 않았다. 그는 눈에 보이지 않고 저항할 수도 없는 힘에 의해 내던져진 그 까만 자루에서 몸부림쳤다. 살 방법이 없다는 걸 알면서도 사형집행인의 손에서 벗어나려고 하는 사형수처럼 발버둥을 쳤다. 아무리 몸부림쳐도 두려운 무언가에 점점 가까워질 뿐이라는 사실을 매 순간 실감했다. 그가 고통스러워하는 이유는 검은 자루에

내던져졌기 때문이기도 하지만 그 안에서 완전히 빠져나오지 못하는 이유가 더 컸다. 그의 삶은 잘못되지 않았다는 믿음이 그를 붙잡았다. 올바른 삶이었다고 정당화하는 마음이 그를 꽉 붙잡고 앞으로 나가지 못하게 해서 엄청난 고통을 느껴야 했다.

갑자기 어떤 힘이 가슴과 옆구리를 때렸고 숨 쉬는 것이 더 힘들어졌다. 그는 구멍의 맨 아래까지 떨어졌다. 바닥에 빛이 있었다. 기차 안에 있으면 기차가 앞으로 달리는데 뒤로 달리는 것처럼 느껴지다가 문득 정확한 방향을 의식하게 된다. 지금이 바로 그런 느낌이었다.

"그래, 올바른 삶이 아니었어. 하지만 상관없어. 제대로 하면 되니까. 그런데 뭐가 올바른 거지?"

그는 자신에게 묻고는, 곧 침묵했다.

사흘째 날이 끝나 갈 무렵, 그가 죽기 한 시간 전에 일어난 일이다. 그때 학교에 다니는 아들이 조용히 방으로 들어와 침대로 갔다. 죽어 가는 이반 일리치는 여전히 필사적으로 두 손을 휘저으며 비명을 지르고 있었다. 그의 손이 아들의 머리에 닿았다. 순간 아들이 그 손을 잡아 자기 입술에 대고 울기 시작했다.

그 순간 이반 일리치는 구멍 속으로 떨어졌고 빛을 보았다. 그는 올바른 삶은 아니었더라도 바로잡을 수 있다는 사실을 깨달았다. 그는 자신에게 물었다. '옳은 게 무엇인가?' 가만히 귀를 기울였다. 그때 누군가 자기 손에 입을 맞추는 것이 느껴졌다. 그는 눈을 뜨고 아들을 보았다. 아들이 안쓰러웠다. 아내가 다가왔고 그는 아내를 바라보았다. 그녀는 입을 벌린 채 그를 보고 있었다. 코와 뺨에 눈물이 흥건했고 절망적인 표정이었다. 아내도 안쓰럽다는 생각이 들었다.

'그래, 내가 가족들을 힘들게 하고 있구나.' 이반 일리치는 생각했다. '다들 안타까워하고 있어. 하지만 내가 죽는 게 가족들한테는 나을 거야.' 그는 소리내어 말하고 싶었지만 기운이 없었다. '말로 하면 안 돼. 행동으로 보여 줘야 해.' 그는 아내를 보면서 눈짓으로 아들을 가리켰다.

"데리고 나가… 애가 가여워… 당신도 가엾고…"

그는 '용서해 줘'라는 말도 하려고 했지만 정작 입에서 나온 말은 '그만해'였다. 하지만 알아들을 사람은 알아들었을 거라는 생각으로 한 손을 흔들었다.

갑자기 지금까지 그를 떠나지 않고 집요하게 머물렀던 고통이 줄어드는 것이 분명히 보였다. 두 곳에서, 열 곳에서, 모든 곳에서 줄어들었다. 불쌍한 가족들을 상처 주지 말아야 했다. 가족들도 그 자신도 이 모든 고통에서 벗어나게 해 주어야 했다.

'아주 간단하고 좋구나!'

이반 일리치는 생각했다.

'통증은?'

그가 자신에게 물었다.

'통증은 어떻게 된 거지? 야, 통증, 어디로 간 거야?'

그는 통증에 주의를 기울였다.

'아, 여기 있구나. 뭐, 어때. 있으라지.'

'그런데 죽음은… 어디 있지?'

그동안 너무도 익숙해진 죽음에 대한 공포도 찾아보았지만 보이지 않았다.

'어디 있지? 죽음이 뭐지?'

죽음이 없으므로 죽음에 대한 공포도 없었다.

죽음이 있던 자리에 빛이 있었다.

"바로 이거야!"

그가 갑자기 소리내어 외쳤다.

"정말 기쁘구나!"

그에게는 이 모든 일이 순식간에 일어난 듯했다. 하지만 그 순간의 의미는 변하지 않았다. 곁에서 지켜본 사람들이 보기에 그의 고통은 두 시간이나 더 계속되었다. 그동안 목에서 가래 끓는 소리가 나고 앙상한 몸이 경련을 일으켰다. 그러다가 거친 숨소리와 가래 끓는 소리가 점점 잦아들었다.

"끝났어!"

근처에서 누군가가 말했다.

이반 일리치는 그 말을 듣고 마음속으로 따라 했다.

'죽음이 끝났어. 이제 죽음은 없다!'

이반 일리치는 숨을 들이마셨다가 내뱉는 도중에 숨이 멈추고 몸이 축 늘어지더니 죽음을 맞이했다.

작가 연보

1828년 9월 9일, 러시아 야스나야 폴랴나에서 니콜라이 일리치 백작과 마리야 니콜라예브나 사이의 4남 1녀 중 넷째 아들로 태어나다.

1830년 어머니가 여동생을 낳다가 사망하다.

1837년 1월 모스크바로 이주하다.
         아버지가 사망하고 숙모가 다섯 남매의 후견인이 되다.

1844년 형제들과 카잔으로 이사하다.
         카잔대학교 동양어학과에 입학하고 이듬해 법학과로 전과하다.

1847년 대학교를 중퇴하고 고향으로 귀향하다.
         농민들의 가난한 삶을 목격하고 그들을 돕기 위해 노력했으나 좌절하다.

1848년 상트페테르부르크 대학에 합격하여 법학 공부를 계속하지만 졸업 시험에서 탈락하고 사교계 생활과 도박에 빠져 방황하다.

1851년 맏형 니콜라이가 복무하는 카프카스 포병대에 사관후보생으로 입대하다.

1852년 첫 장편 소설《유년시절》을 탈고하여 문단의 주목을 받다.

1854년 크림 전쟁에 참가한 경험을 바탕으로《세바스토폴 이야기》를 집필하다. 장교로 승진한 뒤《소년시절》을 발표하다.

1855년 제대하여 상트페테르부르크로 귀환하다.
농민들의 삶과 교육에 관심을 갖기 시작하다.

1857년 《청년시절》을 집필하다. 프랑스와 이탈리아, 독일, 스위스 등 유럽을 여행하다.

1859년 고향 야스나야 폴랴냐로 돌아와 농민 자녀들을 위한 학교를 설립하다. 단편 〈세 죽음〉, 〈가정의 행복〉 등을 발표하다.

1869년 《전쟁과 평화》를 발표하다.

1875년 〈러시아 신문〉에《안나 카레니나》를 연재하다.

1881~ 〈사람은 무엇으로 사는가〉, 〈사랑이 있는 곳에 하나님이 있다〉, 〈바
1886년 보 이반 이야기〉, 〈두 노인〉, 〈이반 일리치의 죽음〉, 〈달걀만 한 씨 앗〉, 〈사람에게는 얼마만큼의 땅이 필요한가〉, 〈에밀리안과 빈 북〉 등 러시아 농민을 위한 수많은 단편과《요약 복음서》,《참회록》 등 종교 작품을 발표하다.

1891년 청빈의 실천을 위해 모든 저서의 판권을 포기하려고 했으나 가족의 반대에 부딪혀 1881년 이후에 발표한 작품의 판권만 포기하고, 이전 작품의 판권은 아내에게 넘기기로 타협하다.

1899년 《부활》을 발표하다.

1910년 딸 알렉산드라에게 모든 저서의 판권을 상속한다는 유언장을 작성하다. 이 일을 계기로 아내와 심각한 불화를 겪고, 10월 28일에 가출하여 11월 7일, 빈촌의 한 간이역에서 생을 마감하고 고향 야스나야 폴랴냐에 안장되다.

이반 일리치의 죽음

초판 1쇄 인쇄 2024년 9월 20일
초판 1쇄 발행 2024년 9월 27일

지은이 레프 니콜라예비치 톨스토이
옮긴이 정지현
펴낸이 이효원
편집인 노현주
마케팅 추미경
디자인 문인순(표지), 이수정(본문)
펴낸곳 올리버
출판등록 제395-2022-000125호
주소 경기도 고양시 덕양구 삼송로 222, 101동 305호(삼송동, 현대헤리엇)
전화 070-8279-7311   **팩스** 02-6008-0834
전자우편 tcbook@naver.com

ISBN 979-11-93130-93-3 03800

* 값은 뒤표지에 있습니다.
* 잘못된 책은 구입하신 서점에서 바꾸어 드립니다.

* 도서출판 올리버는 탐나는책의 교양서 브랜드입니다.

올리버 세계교양전집 목록